KB121225

로크미디어가
유혹하는
재미있는 세상

평행세계 속의 먼치킨 3

2023년 4월 6일 초판 1쇄 인쇄
2023년 4월 11일 초판 1쇄 발행

지은이 운천룡
발행인 강준규

기획 이기헌 왕소현 박경무 강민구 조익현
책임편집 주현진
마케팅지원 이원선

발행처 (주)로크미디어
출판등록 2003년 3월 24일
주소 서울시 마포구 마포대로 45 일진빌딩 6층
Tel (02)3273-5135 Fax (02)3273-5134
홈페이지 rokmedia.com E-mail rokmedia@empas.com

ⓒ 운천룡, 2023

값 9,000원

ISBN 979-11-408-0713-0 (3권)
ISBN 979-11-408-0705-5 04810 (세트)

평행세계 먼치 속의 킹

운천룡 퓨전 판타지 장편소설 ③

CONTENTS

1장	7
2장	55
3장	105
4장	151
5장	197
6장	245

1장

산을 날려 버리다니, 도저히 인간이 할 수 있는 일이 아니었다.

단주는 정신을 차릴 수 없었다.

그리고 영웅의 투덜거림에 다시 한번 충격을 받았다.

"에이, 약하게 하려니 더럽게 힘드네. 이건 좀 수련을 해야겠어."

'약하다니, 뭐가?'

그는 분명 지금 자신이 본 장면이 약하다고 말하고 있었다.

단주는 자신의 입이 벌어져서 턱이 빠지려 하는 것도 모른 채 영웅을 바라보았다.

그런 단주에게 영웅이 주먹을 호 불고는 물었다.

"뭐, 더 보여 줘야 하나? 이번엔 네 몸에다가 보여 줄까?"

그러면서 다시 주먹을 내지르려고 시늉하자, 단주가 잽싸게 엎드렸다.

"아, 아닙니다! 충분합니다, 정말로 충분합니다! 명분으로 차고도 넘칩니다!"

한편, 영웅의 사람들 역시 입에서 침을 줄줄 흘리며 경악한 얼굴로 방금 산이 날아간 장소를 바라보고 있었다.

참마검은 온몸에 소름이 돋는 것을 느꼈다.

'미친! 사, 산이…… 산이 통째로 날아갔어……. 주, 주군은 지, 진짜다!'

등천무제 역시 놀란 얼굴로 생각했다.

'이, 인간이 이런 힘을 낼 수 있단 말인가? 삼제가 아니라 중원 전체가 떼로 덤벼도 주군에게는 안 되겠구나. 허허허, 역시 무신…… 아니지, 이미 신인 분에게 내가 무슨 신성모독 같은 말을…….'

그러고 고개를 돌리니, 놀라긴 했지만 자신들과는 달리 고개를 끄덕이는 대호가 보았다.

"아니, 자네는 이런 엄청난 광경을 보고도 반응이 고작 그거인가?"

등천무제의 질문에 대호가 대답했다.

"저는 이미 한번 봤기에 이러는 것이지요. 저도 처음엔 엄청나게 놀랐습니다."

"허어, 그런가? 전에도 이런 식으로 산을 날리셨던가?"

"아니요. 전에는 아까 날린 크기보다 더 큰 산을 공중으로 띄우셨습니다. 허공섭물로 물건을 공중에 띄우는 것처럼요."

"뭐? 그, 그게 무슨 말인가? 사, 산을 날리는 것이 아니라 공중으로 띄웠다고? 심지어 저기에 있던 산보다 더 컸다고?"

"네! 어휴, 그때 정말 심장이 떨려서 제대로 서 있지도 못했습니다."

대호의 말에 등천무제는 황당한 표정을 지었다.

그리고 조금 전의 장면으로 결심을 굳힌 사람도 있었다.

바로 비선각의 각주 담선우였다.

'세, 세상에…… 이, 인간이 아니다. 저, 저분은 신이다! 무제께서 왜 신이라고 하며 따르시는지 이제야 깨달았다. 내가 왜 이번 의뢰를 받아들였는지 역시. 저분이다, 저분을 만나기 위함이었다. 내가 살아온 모든 의미는 바로 저분을 모시기 위함이었다.'

이내 결심을 굳힌 얼굴로 고개를 끄덕이며 영웅을 바라보는 담선우까지.

모든 이를 뒤흔들어 놓은 영웅의 한 방이었다.

그들의 반응이 어떻든 영웅의 관심사는 지금 자신 앞에 있는 척살단의 단주였다.

"그럼 따르는 건가?"

"충심을 다하겠습니다!"

"믿어도 되겠지? 배신하면 방금 그것을 네가 붙은 세력에 날릴 거야."

"명심, 또 명심하겠습니다!"

결연한 표정으로 말하는 단주를 보며 영웅은 고개를 끄덕였다.

"좋아, 앞으로 잘 부탁한다."

"충!"

그렇게 마무리가 되어 가나 했더니 담선우가 튀어나와 엎드렸다.

"저, 저도 공자님을 모시겠습니다! 부디 받아 주십시오!"

"네? 담 대협은 책임져야 할 식구가 있지 않습니까."

"아닙니다. 저희 문도들도 다 알고 있습니다. 제가 주군을 찾아 헤매고 있다는 사실을 말입니다. 왜 제가 신비주의를 표방했는지 아십니까? 주군을 찾기 위해서였습니다."

"그게 이유라고요? 아니, 주군을 찾는데 왜 신비주의를 표방합니까?"

"저의 정체를 정말로 아는 이라면, 저를 순수한 목적으로 받아들이지 않을 것이기 때문입니다."

"저도 담 대협의 정체를 잘 알고 있는데요?"

"아닙니다. 공자는 제 정체를 알아도 상관이 없습니다. 그 것이 필요치 않을 정도로 강하시기 때문입니다!"

"흠, 어찌 생각하십니까?"

영웅이 등천무제에게 물었다.

"허허, 받아들이시지요. 이미 마음속으로는 한 식구로 생각하고 계셨잖습니까."

등천무제의 말에 담선우가 놀란 얼굴로 영웅을 바라보았다.

"자네 문파에 도움이 될 일이 없겠냐고 나에게 물으셨다네. 이미 자네를 가족으로 대하고 계셨던 거지."

등천무제의 말에 담선우가 눈물을 떨구고 고개를 땅에 박으며 외쳤다.

"주군, 이제부터 신은 주군을 따를 것입니다! 부디 받아주십시오!"

"알았어요. 일어나세요."

"주군, 신에게 존대라니요! 하대하여 주시옵소서!"

경험상 자신이 하대할 때까지 일어나지 않고 저기서 저러고 있을 확률이 매우 높았다.

영웅은 한숨을 쉬며 말했다.

"하아…… 그래, 일어나."

"충!"

벌떡 일어나 환한 미소를 짓는 담선우였다.

이제 자신, 아니 비선각은 중원에서 가장 안전한 품으로 들어간 것이다.

"허허, 주군, 제게도 하대를……."

"그건 싫군요."

"아니, 왜……."

"제 맘입니다."

단호한 자신의 말에 시무룩한 표정을 짓는 등천무제를 보며 영웅은 고개를 저었다. 도대체 왜 막 대하는 것을 좋아하는지 알다가도 모를 일이었다.

"주군, 오늘 새로운 식구도 생겼으니 잔치를 여심이 어떨는지요."

"잔치요? 이 산에서요?"

"주, 주군께서 해 주시는 음식이 곧 자, 잔치 아니겠습니까."

말하면서 시선을 피하는 등천무제.

주변을 둘러보니 등천무제의 말에 눈빛을 반짝이는 사람들이 보였다.

무엇을 뜻하는지 깨달은 영웅이 피식하고 웃었다.

"좋습니다! 오늘 제가 또 실력 발휘 한번 하지요."

영웅의 말에 주변에 있던 모든 이의 눈빛이 초롱초롱해지고 표정이 환해졌다.

"가, 감사합니다, 주군!"

"주군, 하해와 같은 이 은혜를 어찌 갚아야 할는지요!"

"주군, 소신들을 위해 그런 크나큰 결심을……."

음식 얘기에 감동하고 울먹거리는 이들을 보며 이해가 안 되는 표정으로 고개를 갸웃거리는 단주와 참마검이었다.

요리라는 소리에 참마검이 조심스럽게 물었다.

"저, 주군께서 요리도 하십니까?"

"아, 자네는 아직 못 먹어 봤군. 허허허, 천상의 음식이 따로 없다네."

"맞습니다. 드셔 보시면 알 것입니다. 저희가 왜 이러는지 말입니다."

참마검의 눈빛이 반짝였다.

정말로 못 하는 것이 없는 주군이었다.

"그럼 준비해. 이번엔 면 요리를 만들어 주지."

"주군께서 만들어 주시는 것이라면 그게 무엇이든 다 좋습니다."

대호가 군침을 흘리며 말하자 영웅이 피식 웃었다.

'그런데 라면이 여기서도 통하려나? 이들한테 좀 매울 수도 있는데. 에이, 맵기로 유명한 사천요리도 있는데 라면의 맵기 정도야 괜찮겠지.'

"하하! 이럴 줄 알고 미리 챙겨 왔지요."

등천무제가 조리 도구들을 꺼내며 웃었다. 정말로 준비성이 철저했다.

영웅은 그 모습에 어이가 없어 물었다.

"그것들을 항상 챙겨 다니십니까?"

"하하, 주군께서 언제 요리를 해 주실지 모를 일이니, 소신이 챙겨 다녀야지요."

기대 가득한 표정으로 해맑게 웃는 등천무제를 보며 영웅은 그냥 웃고 말았다.

그리고 허공에 손을 흔들었다.

"헉! 저, 저게 뭐, 뭐야!"

영웅의 손이 지나간 곳에 칠흑 같은 어둠의 공간이 생겨났기 때문이다. 그 크기는 한 사람이 들어갈 정도였다.

영웅은 저들이 놀라든 말든 신경 쓰지 않고 그 속으로 자연스럽게 들어갔다.

그 모습에 더욱더 경악하는 참마검과 척살단주였다.

"저, 저 안으로 주, 주군께서……."

말까지 더듬으며 영웅이 사라진 공간을 손가락으로 가리키고 있었다. 그만큼 당황한 것이다.

참마검의 모습에 등천무제가 웃으며 말했다.

"이 사람 놀라기는, 내가 말하지 않았는가, 주군께서는 신이라고."

"그, 그럼 저 공간이 주군께서 만드신 공간입니까?"

"그렇지, 허허허. 대단하지 않은가."

놀란 이들을 달래 주고 있을 때, 영웅이 안에서 무언가를 꺼내 밖으로 나왔다.

"처음 보는 형태의 면이군요."

"하하, 일단 한번 드셔 보세요."

영웅은 펄펄 끓고 있는 물에 면과 수프를 탈탈 털어 넣었다.

"붉은 양념을 넣는군요, 푸엣취!"

가루가 등천무제의 코에 들어갔나 보다.

"매콤한 향이 확 올라옵니다, 허허허. 거기에 이 냄새."

수프가 퍼지면서 맛있는 라면 냄새가 사방으로 퍼졌다.

그 냄새에 다들 침을 꼴깍 삼키며 펄펄 끓는 냄비만을 바라보았다.

영웅 역시 맛있는 냄새에 침을 꿀꺽 삼키며 달걀을 깨서 풀었다. 달걀의 향까지 가세하니 침 삼키는 소리가 더 빨라졌다.

마지막으로 파까지 집어넣은 영웅이 말했다.

"자, 다 됐다! 먹자!"

"우와와와!"

영웅은 등천무제부터 퍼서 한 그릇씩 배분해 주기 시작했다.

다들 황송한 표정으로 라면을 받아 들고 자리에 앉았다.

제일 먼저 영웅이 면을 집어 들어 입으로 가져갔다.

후후- 후루룩- 오물오물- 꿀꺽.

"크으! 이거지!"

영웅의 말에 다들 허겁지겁 젓가락으로 면을 들어 올렸다.

사방에서 면발을 흡입하는 소리가 울려 퍼졌다.

후우– 후루루룩– 후루룩– 쩝쩝쩝.

라면을 먹은 사람들의 동공이 커졌다. 그리고 연신 감탄의 말들을 꺼내 놓았다.

"주, 주군! 세, 세상에 이런 맛이……."

"태어나서 처음 먹어 보는 맛인데도 멈출 수가 없습니다!"

"면 요리의 신세계입니다! 어찌 이런 맛을 내시는지 궁금할 따름입니다!"

하나같이 흥분한 목소리로 입을 열었다.

'뭐긴 뭐야, MSG 맛이지.'

이들이 알 리가 없으니 그냥 대충 둘러대며 말했다.

"그건 비밀. 자 자, 면이 불면 맛이 없으니 어서 먹어."

"네!"

다시 시작된 라면 흡입.

국물까지 싹싹 긁어 먹은 사람들은 배를 두드리며 만족스러운 얼굴을 하고 있었다.

"아까 사람들이 왜 주군의 요리를 기다리는지 이해를 못했는데 이제는 확실하게 알았습니다!"

"말 잘 들으면 또 해 준다."

"추, 충성을 다하겠습니다!"

참마검과 척살단주는 초롱초롱한 눈으로 영웅을 바라봤다.

인적이라고는 눈을 씻고 찾아도 보이지 않는 깊은 산속.

울창한 나무들에 둘러싸여 밖에서는 절대로 보이지 않는 동굴이 있었다.

오랜 세월 동안 사람의 손을 전혀 타지 않은 태초의 모습을 간직한 동굴.

동굴 입구는 그리 크지 않았지만, 그 안은 상상 이상으로 넓고 깊었다.

길을 따라 한참을 들어가자 희미한 불빛이 안쪽에서 새어 나오고 있었다.

이런 깊은 동굴 속에서 불빛이라니.

심지어 그 안에서는 사람의 목소리가 들려왔다.

"삼 공자께서 천무성으로 들어가셨다고?"

"들어온 정보에 의하면 그렇습니다."

"허어, 안타깝구나. 이곳을 알려 드릴 수도 없고……."

"삼 공자에게 말하는 순간 이곳은 발각될 게 뻔하지 않습니까. 불쌍하시긴 하지만 삼 공자가 들어감으로써 대장로의 눈과 귀가 그쪽으로 쏠린 것 같습니다. 우리로서는 큰 도움이 되는 일이지요."

"하아, 어쩔 수 없지. 그것이 그분의 운명이라면 받아들여야 하지 않겠느냐. 어서 성주님이 쾌차하셔야 할 텐데."

"약재를 구하러 간 자들은 무사할까요?"

"그들을 믿어 보자꾸나. 고생했다, 가서 쉬어라."

"네!"

수하를 돌려보내며 한숨을 쉬는 이 남자는 바로 의약당의 당주 허유였다.

성주와 소성주가 쓰러지자, 무언가 이상함을 직감한 그는 둘을 데리고 이곳으로 급히 대피했다.

그 후로 치료를 하면서 범인을 찾기 위해 노력했다.

최근까지 모은 자료를 조합하면 성주를 저렇게 만든 세력은 한 곳이 아니었다.

"고인물은 썩기 마련이라더니…… 설마 천무성의 주축인 가신들이 배신할 줄이야."

그 사실을 알고 충격에 한동안 식음을 전폐까지 했었다.

당주는 깊은 한숨을 내쉬며 동굴의 더 깊은 곳으로 발걸음을 옮겼다.

한참을 들어가니 불빛이 새어 나오는 방이 나왔다. 그 안에는 죽은 듯이 누워 있는 두 사람이 있었다.

바로 천무성주 천검제(天劍帝) 백무상과 그의 첫째 아들인 소성주 백군위였다.

오랫동안 햇빛을 보지 못한 탓인지 누워 있는 두 사람은 핏기 하나 없이 창백했다.

당주는 그들의 몸을 수건으로 닦아 주며 입을 열었다.

"주군, 셋째 공자님께서 다시 천무성으로 돌아가셨다고 합니다. 삼 공자를 살리려던 성주님의 노력이 무위로 돌아가게 되었습니다."

자신의 말에도 미동조차 없는 성주를 보며, 당주는 눈물을 글썽였다.

"크흑! 죄송합니다, 주군. 아무래도 셋째 공자님의 운명은 거기까지였나 봅니다. 죄송합니다, 크흐흑."

결국, 감징이 복받쳐 눈물을 흘리며 우는 그.

"어서 일어나셔야지요, 주군. 그래서 저 빌어먹을 놈들에게 벌을 내리셔야지요. 소신, 그날이 올 수 있도록 무슨 수를 써서라도 주군을 낫게 할 것입니다."

결연한 표정으로 누워 있는 천검제를 바라보는 당주였다.

당주는 알까?

지금 자신이 원하는 그 벌을 내리기 위해 지상 최강의 인간이 천무성으로 간 것을.

머지않아 알게 될 것이다. '천벌'이 존재했음을 말이다.

───

"뭐? 누가 뭐를 신청해?"

"삼 공자가 천무 대회에 참가하겠다며 신청을 했답니다."

"허…… 정말인가?"

"네, 본인이 직접 와서 신청하고 갔답니다."

수하의 말에 어이가 없는 표정을 짓고 있는 이 사람은 천무 대회를 총괄하는 자였다.

"아니, 그놈은 배알도 없다더냐? 자기 부모와 형제를 놔두고 자기들끼리 성주를 정하는 대회를 연다고 하는데?"

"오죽하면 사람들이 무능공자라 부르며 조롱하겠습니까? 대장로님도 그냥 두고 보시는 것을 보니 크게 신경 쓰지 않으셔도 될 것 같습니다."

"아니지, 그래도 보고는 드려야지."

자리에서 벌떡 일어나 대장로가 있는 방으로 달려가는 담당자였다.

그 무렵 대장로는 얼마 전에 있었던 자연재해에 대해 보고받고 있었다.

"그래, 알아보았느냐?"

"네! 산 자체가 사라졌습니다. 사방에 땅이 갈라진 흔적이 가득했습니다."

"허어, 갑자기 지진이라니…… 이런 날벼락이 있나."

영웅이 날려 버린 산과 그 여파로 인해 올린 지진에 놀란 천무성은 급하게 그곳으로 사람을 파견하여 조사하였다.

그 결과를 지금 보고받는 중이었다.

"다행히 멀리 떨어진 곳이라 성에 큰 피해는 없었습니다."

"그러게 말이다. 휴, 그 엄청난 것이 여기서 벌어졌다면……."

"천무성은 세상에서 사라졌겠지요."

"그렇지. 대자연의 분노는 우리 같은 인간이 어찌할 수 있는 것이 아니니…… 고생했다."

보고를 다 받고 수하를 물린 대장로는 놀란 가슴을 진정시키며 차를 마셨다.

자신이 좋아하는 난을 바라보며 마음을 안정시키고 있을 무렵, 밖에서 누군가가 다급하게 다가오는 것이 느껴졌다.

"대장로님, 천무 대회를 총괄하는 자가 급히 뵙기를 청하고 있습니다."

마음의 안정을 찾으려는 찰나에 들어온 보고에 잠시 인상을 찡그린 대장로는 표정을 원상 복구 하고 입을 열었다.

"들라 해라."

끼이익.

문이 열리고 다급하게 들어오는 담당자를 보며 대장로가 고개를 갸웃거렸다.

천무 대회에 저리 다급할 일이 뭐가 있단 말인가?

'뭐지? 설마 성주 쪽 인간들이 뭔가 일을 저질렀나?'

새로운 성주를 선출하겠다며 천무 대회를 선포하자, 성주에게 충성하는 자들이 단체로 들고일어났었다.

대장로는 그럼 언제까지 천무성을 수장도 없이 둘 거냐고 그들을 설득했다.

그럼에도 그들은 절대로 안 된다고 끝까지 버텼지만, 이미 대세는 새로운 성주를 선출하는 쪽으로 돌아서 있었다.

물론 그 대세를 만들기 위해 대장로가 엄청난 노력을 했지만 말이다.

"무슨 일인가?"

"대, 대장로님, 사, 삼 공자가 대회 참가 신청을 했습니다."

"……?"

순간, 대장로는 자신이 잘못 들었나 싶어 눈을 동그랗게 뜨고 다시 물었다.

"뭐? 누가 뭘 해?"

"삼 공자 말입니다! 삼 공자가 대회 참가를 신청했습니다."

벌떡-!

"뭐? 삼 공자? 그 무능한 자식이 뭘 해? 처, 천무 대회 신청을 했다고?"

"그, 그렇습니다."

"뭐지, 그 멍청이가 나서서 신청할 리가 없는데? 뭘까? 성주파 놈들이 뒤에서 뭔가를 꾸미는 것인가?"

대장로가 인상을 찡그리며 생각에 잠기자, 담당자는 조용히 고개를 숙이고 서 있었다.

"누가 와서 신청했더냐?"

"지, 직접 와서 신청하고 갔습니다."

"뭐, 직접? 다른 사람도 아니고 자기가 직접?"

"네. 어찌할까요?"

"허어! 멍청하다 멍청하다 하긴 했어도 이렇게까지 생각이 없을 줄이야……. 그래, 뭐라 하면서 신청했다고 하더냐."

"환하게 웃는 얼굴로 성주가 되고 싶다며 신청했다고 합니다."

"이상하군. 그놈이 무능하긴 하나 그 정도로 눈치 없고 멍청하진 않았는데?"

"기억을 잃었다던데, 그 탓이 큰 게 아닐까 추측되옵니다."

"흠, 그런가? 뭔가 찝찝한데."

"찝찝하시면 신청을 반려할까요?"

"아니다. 그대로 두어라. 차라리 잘되었다."

대장로가 표정을 풀고 미소를 지으며 담당자에게 말했다.

"성주의 핏줄이 참여한다고 하면 성주파 놈들도 다른 소리를 못 할 것이 아니냐. 어차피 그놈이 뭔가를 꾸며서 출전한다고 해도 그 모자란 놈이 갑자기 강해졌을 리도 없고, 거기에 대회를 하다 보면 가끔 불상사가 생기기도 하고 말이다.

안 그러냐?"

"마, 맞습니다."

"크크크, 그놈을 잡을 패 하나 집어넣어 놓거라."

대장로의 말뜻을 알아들은 담당자는 고개를 숙이며 대답을 했다.

"충, 소신이 빈틈이 없도록 모든 조처를 해 두겠습니다."

"옳지. 내 나중에 너를 중히 쓸 것이다. 그러니 지금은 힘들더라도 조금만 참아라."

"충!"

대장로의 말에 담당자는 감격스러운 얼굴로 서둘러 나갔다.

"하늘이 나를 돕다 못해 밥까지 떠먹여 주시는구나, 크크크크크."

행복한 미소를 지으며 다시 난에 집중하는 대장로였다.

영웅은 천무성에서 가장 아름답다는 정원을 걸으며 경치를 감상하고 있었다.

이렇게 보면 정말로 평화로운 곳이지만, 사실 이 안에서 아귀다툼이 벌어지고 있었다.

"겉만 보고 판단해서는 안 된다는 말이 사람에게만 통용되는 것이 아닌가 봅니다."

"허허허, 그렇습니다. 저도 천무성이 이렇게까지 썩어 있을 줄은 몰랐습니다."

"저들을 어찌해야 할까요? 무제께서는 어찌 생각합니까?"

"소신이라면 단 한 명도 용서치 않을 것입니다. 일벌백계해야 합니다. 용서한다면 다음에는 더욱 큰 버러지들이 기승을 부릴 테니까요."

등천무제의 말에 영웅이 고개를 끄덕였다.

자신과 같은 생각이었다. 악은 절대로 봐줘선 안 된다.

그것은 영웅의 철칙이었다.

"주군께서는 대회에서 우승하실 생각입니까?"

"아니요. 거나하게 판을 깨려고 하는 중인데요."

"판을 깨다니요?"

"거기 참석하는 놈들 사지를 부러뜨려 놓으려고요. 시각적으로도 그것이 가장 확실하고. 그러면 병신이 된 자식 놈들 대신 복수하겠다고 사방에서 눈이 뒤집힌 놈들이 저에게 덤비지 않겠습니까?"

영웅이 하는 말이 무슨 뜻인지 쉽게 이해하지 못하고 있다가 뭔가를 깨달았는지 화들짝 놀라며 말하는 등천무제였다.

"그, 그럼 설마! 저들이 스스로 주군을 공격하게끔 하시려는 겁니까?"

등천무제의 말에 영웅이 고개를 끄덕였다.

"희망이 사라진 놈들은 무슨 짓이든 서슴없이 하더군요. 성주 자리에 오를 것이라 믿었던 자식이 병신이 되고, 그들을 그렇게 만든 당사자인 저는 멀쩡히 잘 살아 있으면 아마도 전력을 다해 저를 치려 할 것입니다. 그럼 저는 가만히 있다가 저를 치러 오는 놈들만 조지면 됩니다. 어때요, 편하죠?"

"저들이 지레 겁을 먹고 숨는다면 어쩌실 겁니까?"

등천무제의 말에 영웅이 그를 바라보며 말했다.

"그러니까 살살 해야죠, 살살. 제 놈들 자식들보다 살짝만 강한 것처럼."

"저들이 복수를 위해 어떤 술수를 쓸 줄 알고 그러시는 것입니까? 온갖 수단과 방법을 가리지 않을 것입니다."

"술수? 무제께서는 그들이 술수를 쓴다고 해서 그게 제게 먹힐 것 같습니까?"

영웅이 태연하게 묻자 등천무제가 고개를 저었다. 아무리 상상해도 영웅이 저들에게 당하는 장면은 떠오르지 않았다.

그나마 가능성이 있는 것이 독이었는데 왠지 그것도 소용없을 것 같았다. 그래도 혹시 모르니 조심스럽게 물었다.

"저들이 치명적인 독을 사용할 수도 있습니다."

등천무제의 물음에 영웅이 웃으며 말했다.

"저에게 독은 통하지 않습니다. 걱정하지 않으셔도 됩니다."

지구에서 악당들이 영웅을 잡기 위해 온갖 방법을 다 동원

했었다.

그중에는 당연히 독도 있었는데, 전 세계에 존재하는 독이
란 독은 전부 다 동원되고 그것도 모자라서 연구에 연구를
거듭해서 만든 비장의 독까지 썼지만 소용없었다.

몸에 들어가는 순간 영웅의 영양분이 될 뿐이었다.

그때 하도 많이 먹어서 그런지 이제 독을 먹으면 오히려
활기가 생길 정도였다.

미래 세상에서 만든 엄청난 독도 버텼는데 과학이 뭔지도
모르는 이런 세상에서 만든 독쯤이야.

"그래도 모르는 것입니다. 세상에는 주군께서 모르시는
독이 많이 있습니다. 천검제 역시 독에 당한 것으로 추측되
고 있지 않습니까. 삼제급이면 만독불침에 가까운데 그도 당
했습니다. 그러니 자만은 금물입니다."

할아버지가 손주에게 하는 말처럼 걱정이 가득했다.

그 마음이 영웅에게 스며들었기에 웃으며 부드럽게 답했
다.

"알겠습니다. 무제의 말씀을 잘 새기겠습니다."

"허허, 소신이 잔소리가 길었습니다, 주군."

"잔소리라니요. 다 저를 생각해서 하신 말씀인데."

영웅의 말에 등천무제의 눈가가 부드럽게 휘었다.

그러다가 주변에서 느껴지는 기운에 등천무제가 전음을
보냈다.

-주군, 감시하는 자들이 늘어났습니다.

-네, 저도 알고 있습니다. 제가 생각 외로 많은 관심을 받고 있었군요. 무능공자라 하길래 다들 무시할 줄 알았더니.

-아무래도 성주의 마지막 남은 핏줄이라서 그런 것이 아닐까요?

-흠, 그럴 수도 있겠죠. 현재 가장 정통성이 있는 사람은 저니까.

-어찌하실 겁니까? 이대로 조용히 돌아가시는 것이…….

-아니요. 재미난 것이 생각났네요.

영웅이 악동 같은 표정을 지으며 웃었다.

-이제부터 저는 철저하게 무능력한 사람처럼 행동할 겁니다. 당황하지 마세요.

-주군…….

영웅은 저들을 철저하게 농락할 생각이었다.

별 볼 일 없는 놈인 줄 알고 방심했는데, 그런 자신에게 당하면서 당황하는 표정이 보고 싶어졌다.

"저는 왜 내공이 늘지 않을까요? 지금 가지고 있는 내공으로는 대회에 참석해도 힘들겠죠?"

최대한 불쌍한 표정으로 등천무제를 바라보며 연기를 시작한 영웅이었다.

등천무제는 살짝 당황한 표정으로 잠시 바라보다가 헛기침을 하며 말했다.

"허허, 그래도 남자가 칼을 뽑았으면 뭐라도 잘라 봐야지요. 설마 저들이 공자님을 죽이기라도 하겠습니까?"

"일단 주변 사람들이 그래도 나가 봐야 한다고 해서 신청했지만 막막하네요."

"무공은 어느 정도까지 익히셨습니까?"

등천무제의 말에 고개를 절레절레 흔들며 좌절한 목소리로 말했다.

"하아, 이제 겨우 삼 성 정도 익혔어요. 이걸로는 대회에 나오는 쟁쟁한 인간들을 이길 수가 없어요. 저는 그냥 조용한 시골 같은 곳에 가서 살고 싶은데 힘들겠죠?"

"공자님, 제가 지켜 드리겠습니다. 그러니 기운 내시고 지금이라도 수련을 하시지요. 아직 대회까지 시간이 많이 남아 있습니다."

등천무제의 말에 영웅이 고개를 끄덕였다.

그렇게 쓸데없는 이야기를 한참 동안 나누었다.

어느 순간 자신들을 감시하던 기척들이 사라지기 시작했다. 조금 전의 대화를 보고하러 가는 길일 것이다.

"허허, 정말 빨리도 사라지는군요."

"저들이 원하던 정보를 얻었으니까요."

"그런데 굳이 이렇게까지 하시는 이유가?"

"저들 중에는 분명히 대회 전에 저를 치려는 무리가 있을 겁니다. 그들부터 시작하려고요. 재밌잖아요. 누군가에게 습격을 받는다는 건 항상 두근거림을 유발하죠."

정말로 신나는 표정으로 등천무제를 바라보는 영웅이었다.

<hr/>

천무팔가(天武八家).

천무성을 지탱하는 여덟 가문을 지칭하는 말이었다.

처음 천무성을 세울 때 가장 공을 많이 세운 여덟 가문을 높이며 초대 성주가 지어 준 이름이다.

이 중에서 세 개 가문은 여전히 성주에게 충성을 다하고 있었다.

하지만 나머지 다섯 개 가문은 대회 참가를 선언했다.

이 때문에 이들은 지금 알게 모르게 세력 다툼 중이었다.

성주 자리를 노리는 다섯 개의 가문은 눈엣가시 같은 나머지 세 개 가문을 치워야 했다.

하지만 그 세 개의 가문이 약하지 않기에 쉽사리 움직이지 못하고 있었다.

그래서 그들은 밖에서 용병들을 끊임없이 들이는 중이었다. 조금이라도 더 강한 전력을 만들기 위해서 노력하는 것이다.

천무성의 사람들은 그들을 구분하여 새로운 이름을 지어

주었다.

여전히 성주에게 충성을 다하는 세 개의 가문은 삼신가(三臣家)라 지칭하였고, 차기 성주를 노리는 다섯 개의 가문은 오성가(五星家)라 불렀다.

"삼 공자께서 대회 출전을 신청하셨다는 것이 사실인가?"

삼신가의 가주들이 비밀리에 모여 회동을 하고 있었다.

그중에 얼굴에 대춧빛이 감도는 남자의 질문에 학사풍의 남자가 대답했다.

"그렇다네. 삼 공자께서 직접 신청서를 접수하셨다네."

"허어, 정신을 차리신 것인가?"

"무슨 말을 그렇게 하는가! 삼 공자께서는 원래부터 제정신이셨네. 다만 배움이 조금 느리실 뿐이지. 아는 사람이 그러는가!"

"답답해서 그러네, 답답해서. 오죽하면 그러겠는가."

대춧빛 얼굴을 한 남자가 가슴을 치며 말하자, 옆에 있던 노안의 남자가 맞장구를 쳤다.

"이 사람 말이 맞네. 성주께서도 행방이 묘연하고 소성주마저 안 보이는 이때 유일한 대체재가 하필 삼 공자라니……."

"그러니 우리가 도와야 하네. 훗날 성주께서 돌아오셨을 때 당당하기 위해선 이 성을 저 버러지들에게서 지켜야 하네."

"삼 공자를 성주로 추대한다 해도 그의 악명 때문에 반발이 적지 않을 걸세."

심각한 표정으로 대화를 나누는 세 사람.

얼굴이 대춧빛인 남자는 하후세가의 가주 하후패, 학사풍의 남자는 여씨세가의 여월이었다.

마지막으로 노안의 남자는 공손세가의 공손벽이었다.

"문제는 삼 공자의 무공일세. 우리가 아무리 밀어준다고 해도 대회에서 떨어지면 의미가 없어."

공손벽이 진짜 문제를 끄집어냈다.

그러자 다들 입을 다물었다.

"왜들 말이 없는가. 세상 사람들이 다 아는 사실 아닌가. 오죽했으면 별호가 무능공자겠는가."

"방법이 없겠는가? 이대로 가다간 정말로 다른 이들에게 성을 넘겨주게 생겼네."

"속성으로 무공을 가르쳐 준다고 해도 재능이 없으니……."

"다른 이를 삼 공자로 위장하면?"

"자네 지금 장난하나? 그곳에 있는 이들이 어디 보통 이들인가? 대번에 알아챌 걸세."

다들 끙끙거리며 이러지도 저러지도 못하고 있었다.

"여기서 이럴 게 아니라 일단은 만나세. 만나서 상태를 보고 다시 이야기를 나누기로 하세."

"여 가주 말에 동의하네. 일단 만나서 그가 어떤 상태인지를 먼저 보고 판단하자고.”

공손벽과 여월의 말에 하후패가 고개를 끄덕였다.

“알겠네. 그럼 쇠뿔도 단김에 빼랬다고 지금 당장 가세.”

하후패의 말에 다들 고개를 끄덕이며 영웅이 있는 전각으로 발걸음을 옮겼다.

삼신가의 가주들은 놀란 표정으로 영웅을 바라보고 있었다.

자신들의 예상과는 달리 너무도 멀쩡한 모습을 하고 있었기 때문이다.

“뭘 그렇게 놀라시는 겁니까? 왜요? 바보인 줄 알았는데 예상외로 멀쩡해서 놀랐습니까?”

정곡을 찌르는 영웅의 말에 고개를 흔들며 정신을 차리는 세 사람이었다.

“그, 그렇습니다.”

그들의 대답에 오히려 영웅이 놀랐다. 아니라고 할 줄 알았는데 의외로 인정하는 것이다.

“호오, 인정할 줄은 몰랐네요. 아니라고 할 줄 알았는데.”

“그건 사실이니까요. 세상 사람들이 다 아는 사실을 아니라고 말하면 거짓일 게 뻔하지 않겠습니까.”

"하하하, 그렇군요. 제가 대회에 출전하는 것 때문에 이리 몰려오신 겁니까? 혹시라도 도울 일이 있을까 봐?"

"정말 세상에 알려진 공자님과는 많이 다르시군요. 세상을 속이고 계셨던 것입니까? 저희에게는 왜 본모습을 보여 주시는 겁니까?"

"그대들이 먼저 본모습을 보였으니까, 나도 보여 줘야죠. 안 그렇습니까?"

영웅의 말에 세 사람은 살짝 감동했다.

"솔직히 놀랐습니다. 공자님께서 대회 출전 신청을 했다는 얘길 들었을 땐…… 죄송하지만 미치신 줄 알았습니다."

여월의 말에 영웅이 고개를 끄덕이며 말했다.

"그건 저도 동감합니다. 저라도 어이가 없어서 확인해 보기 위해 달려갈 거 같군요."

하는 말마다 순순히 인정하는 영웅이었다.

"이렇게 오신 이유는 제 쪽에 서도 될 것인지 확인하러 온 것이겠지요?"

영웅의 말에 삼신가의 가주들은 영웅의 통찰력에 감탄하며 순순하게 인정했다.

사실 영웅이 이렇게 이들을 받아들이기로 한 것은 담선우가 가져온 정보 때문이다.

이들은 천무성주에 대한 충성심이 남다른 자들이었다.

다들 자기 욕심을 차리려는 이런 때에도, 이들만은 오로지 천무성과 성주를 위해 자기 일을 묵묵히 하고 있었다.

그것이 영웅이 이들을 받아들이겠다고 마음먹은 이유였다.

이런 자들이라면 믿을 수 있었기 때문이다.

훗날 자신이 이곳을 떠나도 믿고 맡길 수 있는 사람들.

가주 중 하나가 영웅에게 물었다.

"공자님의 진짜 모습을 보여 주시겠습니까?"

그 모습에 영웅이 고개를 끄덕이며 말했다.

"어찌하면 증명이 될까요? 좋은 방법이 있을까요? 사실 또 나서려니 번거롭네요."

영웅은 옆에 서 있는 등천무제에게 물었다.

가장 확실한 건 자신의 무력을 보여 주는 것이지만, 이렇게 상대방에게 자신을 확인시킬 때마다 보여 주자니 번거로웠다.

"허허허, 주군께서 일일이 증명하실 필요가 있겠습니까? 소신이 나서면 될 일입니다."

"무제께서요?"

"주군, 소신을 부려 먹으십시오. 누차 말씀드리지만 소신은 주군의 신하입니다."

"하아, 네, 네. 그럼 무제께서 해 보세요."

"허허! 알겠습니다, 주군."

삼신가의 가주들은 지금의 상황에 고개를 갸우뚱거렸다.

자신들이 받은 정보로는 밖에서 구해 온 용병이라고 들었는데, 용병치고는 너무도 깍듯하게 영웅을 대하고 있었다.

거기에 주군이라고 부르며 바라보는 눈빛은 절대로 연기가 아니었다. 정말로 충심 가득한 눈빛이 절절하게 흘러나왔다.

하지만 가장 중요한 것은 영웅의 입에서 나온 단어였다.

무제.

세상천지에 별호에 저 단어가 들어가는 사람은 한 명밖에 없었다.

등천무제.

'에이, 설마 아니겠지.'

'이름이 무제거나 그런 거겠지.'

설마가 사람을 잡는다고 했던가?

"허허, 반갑구나. 나는 세간에서 등천무제라고 불리는 사람이다."

등천무제가 자신을 소개하자 다들 넋이 나간 표정으로 등천무제를 바라볼 뿐이었다.

설마 했는데 정말로 말도 안 되는 일이 벌어진 것이다.

등천무제가 누구인가.

자신들이 모시는 천검제와 더불어 무림에서 가장 강하다는 삼제 중 한 명이었다.

아니, 삼제 중에서 가장 강하다고 정평이 난 사람이 등천무제였다.

그런 등천무제에게 주군이 있으며, 그게 자신들이 알고 있는 삼 공자다?

다들 자신들을 놀리는 것이라 생각했다.

"노, 농이 지나치시오! 어디 감히 무림의 기둥이신 삼제님들을 사칭한단 말이오!"

"맞소, 당장 방금 한 말을 취소하시오! 그러지 않으면 내 직접 그대를 벌하겠소!"

"공자님, 이런 자를 곁에 두지 마십시오! 지금 공자님께서는 속고 계시는 겁니다."

하나같이 다들 흥분한 상태로 등천무제를 압박했다.

정말로 마지막 남은 희망인 삼 공자가 웬 사기꾼에게 속아 넘어갔다고 생각한 것이다.

그 모습이 오히려 영웅의 마음을 더 기쁘게 했다.

이들은 정말로 순수하게 자신을 걱정하고 있었다. 그것이 너무도 잘 느껴졌다.

그것은 등천무제 역시 느끼는 바였다.

"허허, 주군, 이들은 정말로 주군을 걱정하고 있습니다."

"네, 그런 것 같군요."

자신들의 엄포에도 허허거리며 영웅에게 말을 거는 등천무제를 보며 이들은 기세를 끌어올렸다.

그러자 등천무제가 손을 들어 올리더니 그들을 향해 내저었다.

"아무리 그래도 주군 앞에서 그렇게 기세를 내뿜으면 안 되지."

가볍게 손을 저었을 뿐인데 자신들의 기세가 순식간에 사그라들었다.

그제야 깨달았다.

자신들은 상대도 할 수 없을 정도로 높은 곳에 있는 절대고수라는 사실을 말이다.

"서, 설마! 지, 진짜 등천무제…… 어, 어르신?"

"허허, 이놈들이? 내 말은 전혀 믿지 않고 있었구나?"

"저, 저희가 아는 무제께서는 하얀 백발과 수염이 상징으로……."

"껄껄껄, 주군께서 내게 젊음을 주셨지. 어렸을 적에 영약을 잘못 먹어 평생을 흰머리와 흰 수염으로 살아서 검은 머리가 부러웠는데, 주군께서 소원을 들어주셨다."

다들 믿기지 않는 표정으로 영웅을 바라보았다.

천무성에서 가장 무능한 사람.

그가 바로 삼 공자 백군명이었다.

그런데 지금 자신들의 앞에 있는 사람은 무능공자가 아니었다.

천하의 등천무제가 주군으로 모시는 사람이 어찌 무능할 수 있단 말인가.

그런 사람이 정말로 무능하다면 둘 중 하나일 터다.

등천무제가 사는 게 지루하여 장난을 치고 있거나, 아니면 천무성을 먹기 위해 연기를 하는 것이다.

하지만 등천무제의 표정은 그런 게 아니었다.

진심으로 삼 공자에게 충심을 다하는 모습이었다.

"저, 정말로 공자님을 모시고 계신 것입니까?"

"그렇지. 나의 주군이시다."

멍한 표정으로 영웅을 바라보는 세 사람이었다.

이런 표정이 나올 수밖에 없다.

그 누가 지금 이 상황을 믿을 수 있단 말인가?

등천무제가 이끄는 등천문이 어떤 곳인가.

천무성보다 위세가 더 대단한 문파였다.

그런 곳을 이끄는 수장을 수하로 두었다니.

만약 삼 공자가 천무성의 성주가 된다면 중원에서 가장 강한 세력 두 곳이 그의 손에 들어가는 것이다.

믿기지 않지만 눈앞에 벌어진 현실이기에 정신을 차리고 머릿속으로 빠르게 계산을 마쳤다.

그들은 바로 영웅 앞에 무릎을 꿇으며 말했다.

"저, 저희는 삼 공자님을 따르겠습니다."

"부디 저희를 받아 주시옵소서."

그들의 말에 영웅이 등천무제를 바라보았다.

등천무제는 영웅의 눈빛이 무엇을 말하는지 단번에 알아

보았다.

"받아들이시지요. 어차피 천무성을 접수하시려면 이곳에서 우리를 도울 세력이 필요합니다."

"알았습니다. 무제 말씀대로 하지요."

그리 말하고는 그들에게 말했다.

"일어서시오. 앞으로 잘 부탁드립니다."

자신에게 적의를 보이지 않는 사람에게는 예의 바르게 행동하는 영웅이었다.

"가, 감사합니다. 저희의 주군이신 성주님을 찾을 때까지 앞으로 공자를 옆에서 열심히 보필하겠습니다."

그들은 영웅을 주군으로 모시겠다고 하지 않았다. 자신들의 주군인 성주를 찾을 때까지 영웅을 보필하겠다고 하는 것이다.

그 점이 영웅의 마음에 더욱 들었다.

이들의 목적이 천무성의 권력이 아님을 다시 한번 알게 해주었으니까.

-정말로 충성심이 남다른 자들이군요.

-그렇습니다. 그러니 다른 후보들을 제치고 가장 무능하다고 소문난 주군을 찾아왔겠지요.

등천무제의 말에 영웅이 고개를 끄덕였다.

그때, 하후패가 눈치를 보다가 입을 열었다.

"외람된 질문이오나 공자님의 능력을 저희가 알 수 있겠습니까?"

하후패의 말에 여월이 지원을 나섰다.

"공자님의 능력을 의심하는 것은 아닙니다. 다만, 저희가 어찌 지원을 해 드려야 할지를 알아야 하기에."

"필요하신 것이 있다면 말씀해 주십시오. 어떻게든 찾아오겠습니다."

이 질문에 대한 답은 등천무제가 했다.

"주군의 무력은 나 따위는 상대도 되지 않을 정도다. 신의 경지라고 보면 된다."

"네?"

영웅을 주군으로 모시고 있다고는 하지만 등천무제가 상대도 안 될 정도의 무력이라니, 상상이 가지 않는 세 사람이었다.

삼제의 무력은 자신들의 주군인 천검제를 보아서 잘 알고 있는 그들이었다.

그런 삼제가 상대도 안 되는 무공이라니.

"왜, 의심되느냐? 허허허, 나 따위는 주군의 일 초도 못 버틴다."

"마, 말도 안 됩니다! 그, 그렇게 강한 사람이 존재할 리 없습니다."

"얼마 전에 일어난 대지진을 아는가?"

등천무제의 말에 다들 고개를 끄덕였다.

워낙에 큰일이었기에 성안의 사람들은 다 알고 있는 내용이었다.

"주군께서 하신 것이다."

"네?"

"하하, 무, 무제께서 노, 농이 지나치십니다."

"마, 맞습니다. 저희도 가서 현장을 보았습니다. 하하, 저, 절대로 인간의 힘으로 만들 수 없는 광경이었습니다."

"맞습니다. 그곳을 직접 보지 못하신 모양이군요. 사, 산이 통째로 사라졌습니다. 저, 절대로 인간이 만들 수 있는 풍경이 아니었습니다."

그들은 절대로 그럴 리가 없다는 표징으로 열심히 현실을 부정했다.

"하긴 바로 옆에서 지켜본 우리도 믿기지 않는데…… 안 그렇더냐?"

등천무제가 천장을 보며 말하자 천장에서 대답이 들려왔다.

"맞습니다."

목소리와 함께 모습을 드러낸 남자, 비각의 각주인 가광이었다.

그의 은신술은 천하제일이었다. 삼제이군십이지왕이 아니고서는 그의 기척을 잡아내지 못했다.

아니, 삼제이군십이지왕도 집중해야만 겨우겨우 잡을 수

있는 은신술의 대가가 바로 가광이었다.

그렇기에 이들은 당연히 가광의 존재를 모르고 있었다.

"헉! 다, 당신은?"

"비각의 각주가 아니시오?"

"어, 어찌 이곳에?"

다들 갑자기 나타난 자신의 정체에 놀라자, 가광이 웃으며 말했다.

"하하, 대장로가 감시하라고 보냈습니다."

"대, 대장로가 보냈단 말이오! 그, 그런데 어찌 이리 당당하게 모습을 드러낸단 말인가!"

다들 경계 가득한 얼굴로 바라보자, 가광이 영웅을 바라보며 말했다.

"저분이 나의 주군이시오. 대장로는 나에게 속고 있는 것이고."

가광의 말에 다시 놀라는 세 사람이었다.

무능한 척하며 천무성을 알게 모르게 점령하고 있었다.

그들이 영웅을 바라보며 말했다.

"그동안 무능한 척하신 겁니까? 저희를 속이신 것입니까?"

엄청난 오해다.

하지만 굳이 그것을 풀어 줄 생각은 없었다.

영웅이 조용히 고개를 끄덕였다.

"그래야 천무성을 좀먹는 놈들이 누군지 알 수 있을 테니."

거기에 양념까지 쳤다.

봐라, 양념을 치니 이들의 얼굴이 감격에 겨운 표정으로 바뀌고 있었다.

"그, 그렇게 수모까지 당하면서 서, 성을 생각하시다니…… 가, 감동입니다."

"그동안 저희가 공자님을 의심하고 오해했습니다. 이 자리를 빌려서 용서를 구합니다."

"앞으로 저희는 공자님을 성심성의껏 모실 것입니다."

좋은 게 좋은 것이기에 영웅은 그냥 고개를 끄덕이는 것으로 대답했다.

"비각의 각주 외에도 우리 세력이 있습니까?"

하후패의 질문에 등천무제가 대답했다.

"허허, 그것이 궁금하더냐? 음, 일단 천무성에서는 척살단이 있구나. 단주와 부단주가 다 우리 쪽 사람이다. 그리고 비선각이 주군의 정보를 담당하고 있지."

"마, 맙소사! 처, 척살단도 놀라운데…… 비, 비선각까지 공자의 손에 이, 있는 것입니까?"

오늘 놀라는 일만 연달아 있는 그들이었다.

그에 대한 대답은 담선우가 했다.

"하하, 반갑소. 내가 바로 비선각의 각주 담선우요."

"비, 비천신군(飛天神君) 담선우?"

"하하, 과분한 별호요."

담선우가 인정하자 세 사람은 영웅을 경이로운 표정으로 바라보았다.

천하제일인에 가장 가깝다는 등천무제를 수하로 두었고, 정보 단체로 중원 최강이라는 비선각을 휘하에 두었다.

거기에 천무성의 비각과 척살단을 이미 자신의 손아귀에 넣은 남자.

그가 바로 무능공자 백군명이었다.

세 사람의 표정에 행복이 피어올랐다.

이번 대회의 결과는 정해진 것이나 다름없었다.

자신들은 그저 옆에서 보필하면서 영웅이 성주 자리에 앉는 것을 지켜보기만 하면 될 일이었다.

※

"크하하하하! 그 병신이 대회에 참가 신청을 했다고? 정말인가?"

"그렇다고 하더군. 우리 아이들이 살살 다뤄야 할 텐데."

"크크크크, 그걸 노리고 나온 것일 수도 있지. 성주파 쪽 사람들 감성을 자극하기 위해서."

"안 그래도 삼 공자 쪽으로 우르르 몰려갔다고 하더군."

연신 즐거운 웃음을 터트리며 떠드는 이들은 천무성을 차지하기 위해 음모를 꾸미는 오성가 사람들이었다.

공씨세가, 장손세가, 종리세가, 추씨세가, 모씨세가.

이렇게 다섯 가문이었다.

"크크크, 가서 뭘 하겠는가. 천무성에서 자랑하는 영단들을 모조리 퍼부어도, 그것을 제대로 흡수도 하지 못한 병신인데."

"혹시 아나? 절세신검이라도 쥐여 주러 갔는지, 하하하."

"차라리 잘되었네. 백무상을 대신해서 그 아들을 조리돌림 하는 것도 나쁘지 않을 것 같군. 이름하여 백가의 몰락, 어떤가?"

"크하하하, 그거 마음에 드는군. 내 아이들에게 전하겠네. 죽이지는 말고 최대한 굴욕을 주라고."

"무서워서 오줌을 지리고 도망이나 안 가면 다행이지 않은가."

대회에 참가 신청을 했다는 삼 공자에 대한 경계는 조금도 보이지 않았다. 그저 자기 자식들의 장난감으로만 생각하고 있었다.

삼 공자의 출전 얘기는 그들의 관심에서 순식간에 사라졌다.

이곳에 모인 진짜 이유는 바로 행방불명이 된 성주와 첫째 공자 때문이었다.

"성주가 살아 있을 확률은 얼마나 되는가?"

"대장로의 말로는 일 할도 되지 않는다고 하더군. 그에게 하독한 독은 세상에 치료제가 존재하지 않는 특별한 독이라고 들었네."

"성주가 당가에 도움을 요청하러 갈 수도 있지 않은가."

"당가는 우리 쪽과 사이가 좋지 않네. 또한 당가 쪽의 움직임도 이미 지켜보고 있네."

역시 사라진 성주의 행방이 이들의 가장 큰 관심사였다. 그가 살아서 돌아오면 지금까지 행했던 모든 일이 물거품이 될 수도 있었다.

물거품 정도가 아니라 가문의 멸문까지도 생각해야 하는 문제였기에 심각할 수밖에 없었다.

"일단 대장로께서 절대로 성주가 돌아올 일은 없다고 장담하셨으니 믿어 보세."

다들 고개를 끄덕이며 심각한 표정으로 자신들의 앞에 있는 술잔을 들었다.

후루룩.

"크으, 이 차는 정말 맛있네. 오늘따라 더욱 풍미가 밀려오는군."

영웅이 차를 마시며 감탄하고 있었다.

이곳에서 생활하면서 가장 익숙해진 것이 바로 차를 마시는 것이었다.

맹물보단 끓인 물이 낫다는 것은 현대를 살던 영웅이 아주 잘 알고 있는 상식이었다.

물론 그냥 맹물을 마셔도 영웅의 몸에 이상이 생길 리 없지만, 그래도 맛을 중요시하는 영웅에게는 그냥 강물을 떠먹는 건 생각도 할 수 없는 일이었다.

끓여도 맛이 이상한 것은 매한가지였다. 최첨단 기술을 통해 철저하게 소독하고 여과된 깨끗한 물과는 비교가 되지 않았으니까.

그렇다고 현세에서 물을 가져올 수도 없는 노릇이었다.

그래서 차를 마시기 시작했는데, 그것이 영웅이 차에 빠지게 된 계기였다.

"크으, 평소 마시는 차인데도 오늘은 유난히 진하네. 아주 제대로 우렸나 본데?"

만족스러운 표정으로 차를 마시는 영웅이었다.

⟨⟩

그다음 날도, 또 그다음 날도 영웅은 진하게 우려진 차를 마시며 행복해했다. 그렇게 행복해하는 영웅과 달리, 당황하

평행세계
먼처킨

는 한 사람이 있었다.

"뭐지? 왜 멀쩡한 거야?"

자신의 손톱을 깨물며, 아주 건강한 모습으로 돌아다니는
영웅을 먼발치에서 지켜보던 남자가 혼잣말로 중얼거렸다.

"천살지독(天殺之毒)을 3일이나 먹고도 저렇게 멀쩡하다고?
이게 가능해?"

천살지독.

천무성의 성주가 사경을 헤매도록 만든 독이었다.

"제길, 먹는 척하고 버리나? 안 되겠다. 내가 직접 눈으로
확인해야겠어."

남자가 무언가를 생각하고는 조용히 그 자리를 벗어났다.

그런 남자의 말을 모조리 들은 사람이 그곳에 있는지도 모
른 채 말이다.

남자가 사라지자 가광이 모습을 드러냈다.

"역시 주군에게 마수를 뻗치는 인간들이 나타나기 시작하
는군. 크크, 잡아다가 주군에게 바쳐야겠다."

사악한 미소를 짓던 가광은 방금 자리를 뜬 남자의 뒤를
따라갔다.

그리고 기회를 엿보다 재빨리 그의 뒤로 가서 제압했다.

정신을 잃은 채 쓰러진 남자를 들쳐 메고 신나는 얼굴로
영웅이 있는 방으로 달려가는 가광이었다.

잠시 후, 영웅이 있는 방에 들어간 뒤에 당당하게 남자를 깨웠다.

영웅은 어리둥절한 얼굴로, 자신의 앞에서 당황한 표정으로 눈만 끔벅거리는 남자를 보았다.

그러다 가광에게로 고개를 돌렸다. 이게 지금 무엇이냐 묻는 표정으로.

"주군을 독살하려고 한 놈입니다."

"나를?"

가광의 말에 놀란 표정으로 바닥에서 고개를 격하게 젓는 남자를 바라보았다.

"일단 입만 풀어 봐."

"충!"

가광이 혈도 몇 군데를 치자 바닥에 누워 있던 남자의 입이 열렸다.

"아, 아니오! 오해시오! 나는 절대로 공자에게 하독한 적이 없소!"

"저자의 몸에서 나온 것입니다."

남자가 아니라고 주장하자마자 가광이 영웅에게 특이하게 생긴 주머니를 건넸다.

그것을 본 담선우가 눈을 반짝거리며 말했다.

"호오, 독각마룡(毒角魔龍)의 가죽이군요."

"독각마룡의 가죽?"

"네, 주로 독을 담는 용도로 많이 쓰지요. 독각마룡의 가죽은 세상의 모든 독을 막아 주는 유일한 물건입니다. 그 옆에 있는 것 역시 독각마룡의 가죽으로 만든 장갑이군요. 저것 역시 독을 다루는 사람들이 쓰는 물건입니다. 이것들을 보아 주군께 하독한 것은 확실한 것 같습니다."

"아, 아니오! 그. 그저 신기한 것을 수집하는 것일 뿐이오. 오해시오!"

남자가 끝까지 아니라고 저항했다.

그러자 영웅이 독각마룡의 가죽을 이리저리 살펴보다가 주머니를 열어 보려고 했다.

그 모습에 남자가 기겁하며 말렸다.

"안 돼! 그것을 열면 안 되오! 잘못 다루었다간 이곳에 있는 모든 이가 다 죽는단 말이오!"

"뭐야, 독이 아니라며."

"내가 언제 독이 아니라고 했소! 하독한 적이 없다고 했지!"

킁킁-!

영웅이 주머니에 대고 냄새를 맡았다.

"주군, 위험합니다! 무슨 독인지도 모르는데……."

"천살지독이라고 중얼거리는 것을 들었습니다."

등천무제의 말에 가광이 옆에서 말했다.

"뭐, 천살지독? 그게 뭔가? 처음 듣는 독인데?"

등천무제가 담선우를 바라보며 물었다.

그런데 담선우의 표정이 심상치 않았다. 담선우의 동공이 심하게 떨리고 있었다.

"이보게! 자네 왜 그러는가?"

등천무제의 물음에도 대답하지 않고 몸을 부들부들 떨었다. 그리고 떨리는 목소리로 간신히 입을 여는 담선우였다.

"처, 천살지독이라니! 그 저주받은 독이 세상에 나왔단 말인가?"

담선우의 말에 다들 남자를 바라보았다.

하지만 온몸에 식은땀을 흘리며 영웅이 든 가죽 주머니를 두려운 눈빛으로 바라볼 뿐이었다.

"자네가 그렇게 두려워할 정도의 독인가?"

등천무제의 말에 담선우가 고개를 끄덕였다.

"삼제급 무인을 상대하기 위해서 만들어진 독입니다. 최초로 만든 곳이 남만에 있는 천독궁이라는 설이 있는데, 정확히 밝혀진 바는 없습니다. 일단 구하기 정말로 어려운 독이라는 것은 확실합니다. 그것을 저자가 어찌……."

담선우의 말에 영웅이 주머니를 유심히 살폈다. 냄새를 맡은 이유는 다름이 아니고 어디서 많이 맡아 본 냄새였기 때문이다.

그것은 바로 최근에 자신이 마신 차에서 나던 냄새였다.

영웅은 조용히 주머니를 열어 안에 들어 있는 콩알만 한 단약을 꺼냈다.

"주군!"

"맨손으로 만지시면 안 됩니다!"

수하들의 만류에도 영웅은 단약을 꺼내 이리저리 살펴보았다.

그리고 안절부절못하는 수하들을 뒤로하고 입으로 그것을 털어 넣었다.

"주군, 어서 뱉으십시오!"

"주군, 안 됩니다!"

2장

영웅의 갑작스러운 행동을 본 등천무제와 담선우가 기겁
하며 곁으로 왔다.

그런데 영웅의 표정은 궁금증이 해결돼서 개운하다는 표
정이었다.

"그래, 이 맛이야! 이것이 차의 맛을 더욱더 진하게 만든
것이었구나."

"네?"

"이것이었어. 어디서 많이 맡아 본 냄새라더니. 그런데 이
게 독이라고?"

영웅이 바라보며 질문한 대상은 바로, 바닥에 누운 채 눈
은 찢어지기 일보 직전이며 입은 벌어질 대로 벌어진 남자

였다.

"그, 그것을 먹고도 이, 이상이 없단 말이오?"

심장에 무리가 갈 정도로 놀랐는지 연신 거친 숨을 내쉬며 되묻는 남자였다.

"이상이 없지. 네가 이것을 그동안 차에 타서 나에게 먹인 것이구나?"

영웅의 말에 남자가 더욱 경악했다.

"그, 그럼 그것을 전부 마셨음에도 멀쩡하단 말인가?"

"그럼 멀쩡하지. 이딴 독으로는 나를 어쩌지 못해. 세상의 그 어떤 독도 나에게 해를 가할 수는 없어."

"그, 그건 하늘도 죽인다는 천살지독이다! 그, 그럴 리가 없다!"

남자의 정신이 붕괴하려 하고 있었다. 얼마나 충격이었는지 비밀로 간직해야 할 말들을 떠들었다.

"대장로구나, 이것을 너에게 시킨 이가."

영웅의 말에 그제야 정신을 차린 남자가 입을 다물었다.

그 모습에 실망한 표정으로 남자에게 말을 거는 영웅이었다.

"에이, 조금 전처럼 술술 말하지. 갑자기 입을 닫고 그래, 사람 귀찮게."

그러면서 남자의 몸 쪽으로 손을 휘젓는 영웅이었다.

남자는 영웅이 무엇을 한 것인지 몰라 두 눈만 껌벅였다.

그러다가 갑작스럽게 찾아오는 고통에 비명을 질렀다.

"끄으으으윽!"

두 눈을 질끈 감고 이를 악물어 봤지만, 고통의 강도는 점점 더 강해져 갔다. 방 안의 사람들은 바닥에서 연신 파닥거리는 남자를 아무 말 없이 바라보았다.

가광은 과거에 당했던 것이 생각났는지 눈을 감으며 고개를 돌렸다.

"야, 이대로 두고 밥이나 먹고 오자."

"주, 주군······ 저, 정말로 밥 먹으러 갑니까?"

"응, 왜? 갔다 오면 저놈이 죽어 있을까 봐? 내가 그 정도 조치도 안 했겠어? 걱정하지 마! 절대로 죽을 일 없으니까. 기절하면 내가 집어넣은 기운이 알아서 다시 깨울 거야."

모두를 공포로 몰아넣었던 저 기술이 점점 더 발전해 가고 있었다.

"그, 그래도 혹시 모르니까 한번 물어는 보고 나가시는 것이 어떻겠습니까?"

"에이, 이렇게 쉽게 대답하겠어?"

다들 간절한 눈빛으로 바라보자 영웅이 고개를 흔들며 바닥에서 고통스러워하는 남자에게 다가갔다.

그리고 그의 몸에 손을 댔다. 고통이 순식간에 사라졌는지 남자가 꿈틀거리는 것을 멈추었다.

"헉헉헉!"

고통이 사라지니 그제야 참았던 거친 숨을 내쉬었다.

"어쩔래? 방금 거 다시 걸어 두고 밥 먹고 올까?"

영웅의 말에 남자가 화들짝 놀라며 지금까지 당한 이들과 똑같은 행동을 했다.

영웅의 발에 매달린 것이다.

"아, 아닙니다! 무엇이든 물어봐 주시오! 제가 태어날 때 기억까지 끄집어 낼 자신이 있습니다! 그러니 제발! 제발!"

눈물과 콧물로 범벅이 된 얼굴로 영웅에게 매달려서 떨어질 생각을 하지 않는 남자였다.

그 잠깐 동안 남자가 느낀 기분은 제발 살고 싶다가 아닌 제발 죽고 싶다는 것이었다.

그 정도로 고통스러웠다.

"대장로지?"

영웅의 질문 의도를 재빨리 파악하고는 질문이 끝남과 동시에 대답하는 남자였다.

"네, 그렇습니다! 성주와 소성주에게 했듯이 독으로 보내라는 지시였습니다!"

"하늘도 죽인다는 천살지독이니 성주와 소성주는 죽었겠네?"

"그, 그건 아닙니다. 워낙에 미량만 음식에 섞었기에 아직 죽지 않았을 것입니다. 거기에 신의라고 소문이 자자한 의약당 당주와 함께 사라졌으니 죽지 않고 살아 있을 확률이 매우 높습니다!"

남자는 정말로 조금의 지체도 없이 자신이 아는 모든 것을 말하고 있었다.

"그럼 나는?"

"사, 삼 공자님께는 한 방에 갈 수 있는 독을 넣었습니다!"

"왜?"

"그, 그건……!"

남자가 잠시 주춤하자 영웅이 손을 들었다. 그 모습에 기겁하며 재빨리 입을 여는 남자였다.

"서, 성에서 아무도 신경을 쓰지 않는 무, 무능한 놈이니 급사해도 사람들이 신경을 쓰지 않을 것이라고, 그냥 단번에 보내라고 했습니다!"

그 말을 들은 영웅은 웃었다.

분명히 웃는데 방 안의 사람들은 하나같이 소름이 돋는 것을 느꼈다.

"대장로라…… 그냥 지금 가서 잡아 올까? 좀 짜증이 나는데."

영웅의 말에 담선우가 말렸다.

"놈을 지금 잡는다면 뒤에 있을지 모를 조력자를 잡을 수 없습니다."

"방금 못 봤어? 설마 그 고통을 당하고도 입을 다물까?"

"대장로가 끝이 아닐 수도 있지 않습니까? 일단은 두고 보시는 것이⋯⋯."

"알았어. 그럼 나는 연구를 해야겠군."

"무슨 연구 말씀이십니까? 어찌하면 그의 뒤에 있는 자들을 잡아낼지 연구하시겠다는 것입니까?"

"아니, 어찌하면 인간이 느낄 수 있는 최고의 고통을 줄 수 있을지. 무엇이든 발전하는 것이 중요한 법이니까."

그러면서 싱긋 웃는 영웅이었다.

그 웃음에 그곳에 있는 모든 사람은 신기하게도 똑같은 생각을 했다.

'절대로 주군에게 대들지 말아야지.'

아무도 없는 조용한 방 안.

영웅은 홀로 남아 무언가를 열심히 그리고 있었다.

그것은 전에 그가 본 비밀 서찰 속에 숨겨져 있던 백가의 비동이 있는 지도였다.

기억 속에 온전히 있는 그 장소를 찾기 위해 지금 이렇게 그리고 있었다.

워낙에 삐뚤빼뚤 개판으로 그려져 있어, 담선우에게 도움을 받기 위함이었다.

"다 됐다. 하아, 이래 가지곤 여기가 어딘지 알 수가 있나.

내가 여기 살던 사람도 아니고."

다 그려 놓고 보니 더 가관이었다.

자신의 머릿속에 있는 중원의 모습이 아니었다.

"여기가 도대체 어디여?"

자신의 머릿속에 있는 중원을 아무리 대입해도 찾을 수가
없었다.

"담 각주라면 나보다 더 잘 알겠지."

고개를 저으며 담선우를 호출하는 영웅이었다.

잠시 후, 담선우의 손에는 영웅이 그린 지도가 들려 있었
다.

"이것이 무엇입니까?"

"응, 백가의 비동이 있는 지도."

"네에? 천 년 백가의 비동이 있는 곳이라고요?"

"이야, 이 가문의 역사가 천 년이나 되었어?"

"그렇습니다. 그런데 이것은 어디서 얻으셨습니까?"

"가주한테 받았지. 그건 그렇고 거기가 어딘지 알 수 있을
까?"

영웅의 말에 담선우가 다시 지도에 집중하기 시작했다.

한참을 들여다보던 담선우가 고개를 저으며 지도를 내려
놓았다.

"죄송합니다. 저도 확실하게 모르겠습니다. 애들을 시켜

서 자세히 조사해야 할 것 같습니다."

"그럼 그렇게 하고, 그럴싸하게 똑같은 지도를 하나 더 만들어. 오래된 지도처럼 보이게."

"네? 그것은 왜?"

"그래야 함정을 파지. 천무성을 건드린 놈들이 이 비동의 존재를 모르고 있을까? 아니지, 분명히 알고 있을 거야."

"그, 그럼 비동 속에 있는 보물을 미끼로 이들을 모으겠다는 것입니까?"

"당연히 비동 속은 비워 놔야지. 위치를 알기 전엔 안 뿌릴 거야."

영웅의 말에 담선우가 안도의 한숨을 쉬었다.

그 모습에 영웅이 어이가 없는 표정으로 바라보았다.

"뭐야? 너도 나를 무능공자로 보는 거야?"

"아, 아닙니다! 소, 소신이 너무 놀라서……."

당황하는 담선우를 보며 피식 웃는 영웅이었다. 놀리는 맛이 있는 자였다.

"알지. 아무튼 지도 만들면서 그 지도를 퍼트릴 방법도 좀 생각해 보고."

"알겠습니다."

담선우가 나가자 영웅은 악마의 미소를 지으며 나직하게 중얼거렸다.

"음모는 너희만 꾸밀 줄 아는 게 아니지. 어디 한번 당해 봐라."

"이곳인가? 정말로 산이 끝도 없이 펼쳐져 있네."

영웅은 하늘 높이 떠서 어딘가를 바라보고 있었다.

담선우에게 맡겼던 지도의 해석이 끝나자마자 그 위치로 곧바로 날아온 것이다.

대략적인 위치만 알면 초신안 투시로 찾으면 되는 것이니, 찾는 데는 크게 어려울 게 없었다.

"찾았다."

영웅의 투시안에 보이는 거대한 지하 동굴.

그곳에는 복잡한 장치들이 여기저기 설치되어 있었다.

"저기가 확실하군."

일단 저 장치로 보이는 것은 함정이 분명했다. 나중에 써먹어야 하니 저것들을 최대한 건들지 않고 중심으로 들어가야 했다.

슈팍.

그 방법은 간단했다.

영웅에게는 순간 이동이 있었으니까.

순식간에 안으로 들어온 영웅은 주변을 두리번거렸다.

빛 하나 들어오지 않는 어두운 곳이었지만 그 역시 영웅에게는 문제가 되지 않았다. 이 칠흑 같은 어둠에서도 대낮같이 볼 수 있는 초신안이 있었기 때문이다.

안은 정말로 거대했다. 원래 있던 거대한 동굴을 개조해서 자신들만의 비동을 만든 것이다.

비동이라는 이름답게 그 안에는 엄청난 것들이 자리하고 있었다.

천 년이라는 세월 동안 모아 온 보물이라 그런지 어마어마했다.

물론 너무 오래되어 먼지로 바스러진 것들도 있었지만, 황금은 여전히 누런빛을 환하게 보였다.

그리고 동굴 한가운데에 당당하게 꽂혀 있는 검 하나.

천뢰신검(天雷神劍)이라고 적혀 있는 검이 영웅의 눈에 들어왔다.

천뢰신검이라고 검 면에 새겨져 있고, 검 자체에는 푸르스름한 빛이 감돌고 있었다.

얼핏 보면 옥을 깎아 검으로 만든 것 같았다.

영웅도 처음엔 정말 옥으로 깎아 만든 장식용 검인 줄 알았다.

하지만 가까이 가서 보니 실제 검이었다.

"신기하네. 특이한 금속으로 만든 검인가? 이런 금속이 있던가?"

영웅이 검에 손을 가까이 가져다 대니 검에서 뇌전이 일어났다.

빠지직-!

푸르스름한 뇌전이 검 주변에서 요동쳤다.

빠지직- 빠직- 빠지직-!

영웅이 신기해하며 한 걸음 물러서자, 언제 그랬냐는 듯 뇌전이 순식간에 사라지며 잠잠해졌다.

그 모습이 마치 주인을 가리는 것처럼 보였다.

자신이 인정한 주인이 아닌 자에게는 저런 엄청난 전격을 뿌려 대는 것 같았다.

물론, 확실한 것은 아니었다.

"오! 주인을 가리는 건가? 그래서 신검이야?"

영웅은 다시 손을 가져다 대었다.

빠지직-!

다시 격렬하게 반응하는 신검의 손잡이를 아무런 고민도 없이 잡아 버리는 영웅이었다.

빠지지직-!

손잡이를 잡는 순간 엄청난 뇌전이 영웅의 몸 안으로 침투하기 시작했다. 보통 사람이었다면 이 뇌전에 몸이 타 버렸을 것이다.

하지만 영웅은 보통 사람이 아니었다.

오랜만에 느껴 보는 짜릿한 기분을 즐기며 오히려 웃고 있었다.

"감전은 오래간만이네. 짜릿한 것이 기분이 좋군."

온몸에서 스파크가 튀면서 옷이 타들어 가고 있음에도 여유로운 영웅이었다.

하지만 언제까지 이렇게 놔둘 수 없기에 영웅은 검 안에 있는 뇌전의 기운을 흡수하기 시작했다.

자신의 기운을 흡수하는 것을 느꼈는지 검이 저항하기 위해 더욱더 강하게 뇌전을 뿌려 댔다.

그러나 상대가 나빴다.

결국, 검이 항복했는지 뇌전이 더는 일어나지 않았다.

"신기하네. 이 정도 전류량이면 번개랑 거의 비슷한데?"

예전에 벼락을 맞았을 때의 그 짜릿함이있다. 몸이 찌뿌둥할 때 한 방 맞으면 피로가 씻은 듯 사라졌기에 가끔 맞으러 다녔다.

문제는 그것은 영웅이기에 가능했던 것이지, 다른 인간은 절대 할 수 있는 일이 아니었다.

하지만 지금 이 검에서 나오는 전류는 번개와 맞먹었기에, 영웅은 고개를 갸웃거리며 검을 쳐다보았다.

"보통 사람이 이것을 만질 수 있다고? 그게 가능한 건가?"

아무리 생각해도 이해가 가질 않았다. 이 시대 사람들이 전기의 원리를 알 리 없으니, 실제로 이 검을 만질 수 있는 자는 없다고 봐야 맞았다.

하지만 이곳 가운데에 떡하니 꽂혀 있다는 것은 누군가가 직접 이곳에 꽂아 놓았다는 이야기다.

영웅은 잠잠해진 검을 잠시 바라보다가 주변을 둘러보았다. 혹시 있을지 모를 검집을 찾기 위해서였다.

"역시 없을 리가 없지."

멀지 않은 곳에서 검집으로 보이는 물체를 발견했다.

가까이 가 보니 역시 검집이 맞았다.

스르릉.

검을 집어넣으니 딱 맞았다.

영웅은 흐뭇한 미소를 지으며 다시 주변을 둘러보았다.

"이런 걸 그냥 두지는 않았을 건데, 이걸 다룰 방법을 어딘가에 적어 놓지 않았을까? 아닌가? 그냥 단순히 여기를 보호하기 위한 함정인가?"

아닐 것이다.

자신이 생각해도 이런 엄청난 검을 고작 여기를 지키는 목적으로 꽂아 두는 것은 엄청난 낭비였다.

"뭐, 여기를 치우다 보면 나오겠지."

영웅은 대수롭지 않은 표정으로 사방에 널려 있는 금괴들을 4차원 공간으로 쓸어 담기 시작했다.

진공청소기가 빨아들이듯 순식간에 비동의 금들을 흡수해 버리고 다시 다음 방으로 이동했다.

이곳은 총 다섯 개의 방으로 이루어져 있었다.

영웅이 들어간 방이 제일 마지막 방이었다.

그다음 방에는 온갖 고서적들이 가득했다.

"아, 여기서 방법을 찾아서 아까 그 검을 다루는 것이구나."

이미 자기 것으로 만들었기에 딱히 궁금하지 않았다. 자신이 이 검을 사용할 것도 아니고 말이다.

"담 각주가 알고 있을지도 모르고."

그래도 혹시 모르니 서적들도 전부 쓸어 담았다.

그다음 방도, 또 그다음 방까지 그곳에 있는 모든 것을 다 쓸어 담은 영웅은 만족스러운 표정으로 밖으로 나왔다.

그리고 그 비동까지 이동하는 통로를 유심히 투시해 보았다.

사방팔방에 엄청난 함정들이 가득했다.

"뭔가 좀 아쉬운데? 아, 연준혁 씨가 준 카드!"

영웅은 연준혁이 필요한 곳에 쓰라고 준 각성자용 카드를 꺼냈다. 그리고 쓸 만한 것이 있나 찾았다.

"있다!"

[광란의 마수]

-AAA등급.

-정해진 공간에 침입자가 들어오는 순간 지옥의 마수들이 소환되어 그들을 공격한다.

"이거 좋네."

영웅은 재빨리 첫 번째 비동으로 이동해서 비동 안에서 이것을 찢었다.

"광란의 마수!"

외침과 동시에 카드에서 빛이 새어 나오며 첫 번째 비동 전체를 감쌌다.

빛이 지나간 곳은 붉은빛을 띠고 있었다.

"저게 반응하는 영역인가 보군."

다시 밖으로 나온 영웅이 중얼거렸다.

"모든 준비는 끝났고, 이제 이것을 천무성에 있는 놈들에게 알맞게 던져 주는 것만 남았군."

영웅은 미소 지었다. 아무것도 없는 비동을 찾아와서 개고생 할 그들을 생각하며 말이다.

잠시 비동이 있던 곳을 바라보며 감상에 빠져 있던 영웅은 순식간에 그곳에서 자취를 감추었다.

영웅의 부름을 받고 방에 모인 등천무제와 담선우는 영웅이 꺼낸 검을 보며 경악을 금치 못하고 있었다.

"이, 이게 뭡니까?"

"응, 백가의 비동에서 가져온 검. 천뢰신검이라고 적혀 있더라."

"처, 천뢰신검!"

"알아?"

영웅의 물음에 담선우가 기가 막힌다는 표정으로 영웅을
바라보았다.

"이것이 무엇인지도 모르고 들고 오신 겁니까?"

담선우의 물음에 영웅이 고개를 끄덕거렸다.

"검에서 아무런 일도 일어나지 않았습니까?"

"뇌전이 장난 아니게 일어나긴 했지. 이거 봐 봐. 옷이 다
탔잖아."

영웅은 구석에 놔둔 옷을 가리키며 말했다.

"오, 옷이 저 지경이 될 정도의 뇌전인데 멀쩡하신 겁니
까?"

"뭘 이 정도로. 진짜 하늘에서 쏘아 대는 벼락을 맞아도
아무렇지 않은데. 가끔 하늘 날다 보면 한 번씩 맞고 그래."

"……"

아무리 생각해도 자신의 주군은 인간이 아니라고 생각하
는 담선우였다.

"왜? 이 검이 유명한 검이야?"

영웅이 정말로 궁금하다는 표정으로 묻자, 담선우가 고개
를 절레절레 흔들며 말했다.

"하아, 유명한 정도가 아닙니다. 중원무림에서 기물이라

고 불리는 칠대기물이 있는데, 그중에서도 지존으로 불리는 신검입니다. 검이 가지고 있는 뇌전의 기운을 조금이라도 흡수한다면 그자는 뇌신이 되어 무림을 정복할 수 있다는 전설도 있지요."

담선우의 말에 영웅이 무언가를 또 꺼냈다.

뇌신멸천신공(雷神滅天神功)

"그게 이건가 보네. 대충 읽어 봤는데 방금 담 각주가 말한 내용이 들어 있었거든."

담선우는 영웅이 꺼낸 책을 보고는 아무 말 없이 덜덜 떨고 있을 뿐이었다.

그 떨림은 담선우뿐이 아니었다.

옆에 서 있던 등천무제 역시 경악한 표정으로 영웅이 꺼낸 책을 바라보고 있었다.

"뇌황(雷皇)의 뇌신멸천신공!"

"맙소사! 그 전설이 정말이었다고?"

자신만 빼고 놀라는 둘을 보며 영웅이 말했다.

"뭔데요? 뭔데?"

둘을 번갈아 바라보며 묻는 영웅을 보며 담선우가 심호흡을 하고는 말을 했다.

"과거 400년 전에 존재하던 무적자였습니다. 그가 사용한 무공의 위력이 너무도 허무맹랑하여 과장된 전설로 치부되고 있지요. 그런데 그가 사용하던 무공 책자를 정말로 가져오시다니요."

"이게 그 정도였어? 그런데 왜 이걸 안 익혔지? 이걸 익혔다면 지금쯤 무림은 백가의 세상이 되었을 텐데."

"아마도 그 검과 관련이 있는 무공이 아닐까요?"

담선우의 말에 영웅이 고개를 끄덕였다.

사실 자신이니까 이 검을 만졌지, 다른 사람이었다면 이미 새까맣게 타서 이승을 떠났을 것이다.

그런 엄청난 기운을 흡수해야만 익힐 수 있는 무공이니 엄두도 못 내고 지켜만 보았을 확률이 높았다.

"그럼 비동을 지은 이유가 이것을 감추기 위함이었군. 이것이 세상에 나오면 한바탕 난리가 날 테니."

"맞습니다."

그 말에 영웅의 입가에 미소가 어렸다.

재밌는 생각이 떠올랐기 때문이다.

"가짜를 만들어서 두고 와야겠군."

"네?"

"아니야, 혼잣말이야."

영웅은 혼자서 키득거리며 밖으로 나갔다.

그 모습을 본 두 사람이 심각한 표정으로 대화했다.

"방금 주군의 표정은 장난을 치는 악동 같은 모습이었습니다."

"그러게 말이야. 어떤 장난일지 궁금하구먼."

"가끔 어린아이 같은 모습을 보이시는군요."

"그게 더 보기 좋지 않은가? 그럴 때마다 주군께서 인간인 것을 느끼니 말이지."

등천무제의 말에 담선우가 동의한다는 표정으로 고개를 끄덕였다.

⁂

영웅은 화이트 웜홀을 통과해서 현세로 넘어왔다. 현세로 넘어오자마자 연준혁을 찾았다.

"저를 찾으셨다고요?"

영웅은 연준혁을 보자마자 그의 두 손을 꼭 잡으며 말했다.

"부탁이 있어서 말입니다. 혹시 검에 뇌기를 집어넣는 방법이 있을까요?"

"검에 뇌기를요? 마법으로 인챈트를 해서 주입하는 방법이 있기는 합니다만, 무엇 때문에 그게 필요하신지……."

"아, 좀 골탕 먹여 줄 세력이 있어서요. 가능하다는 거죠?"

영웅의 말에 연준혁이 고개를 끄덕였다.

"네, 일단 가능합니다."

"그럼 만지자마자 아주 강한 전기가 통하게 해서 하나만 만들어 주실래요?"

영웅은 검을 어떤 식으로 만들어야 하는지 아주 세세하게 설명해 주었다. 그러다가 직접 검을 꺼내어 사진까지 찍어서 주었다.

연준혁은 영웅의 행동에 잠시 어리둥절한 표정을 짓더니 이내 웃으며 고개를 끄덕였다.

"하하, 알겠습니다. 영웅 님이 말씀하시는 것인데 뭐든 못해 드리겠습니까. 다만 시일이 좀 걸립니다."

"얼마나 걸리죠?"

"대략 일주일 정도 필요합니다."

연준혁의 말에 영웅이 고개를 끄덕였다.

이곳에서 일주일을 보내면서 묵은 때도 벗기고 편히 쉬다가 다시 돌아가면 되는 것이다.

영웅은 연준혁을 바라보다가 품 안에서 책자 하나를 꺼냈다.

구양신공(九陽神功)

"저기서 얻어 온 거예요. 유용하게 쓰면 좋겠네요."

영웅이 건넨 무공서를 받아 펼쳐 본 연준혁은 감격해 부들

부들 떨었다.

"얼핏 봐도 엄청난 무공서군요. 무공 쪽 각성자들에게 많은 도움이 될 것 같습니다."

"그리고 이것도."

영웅은 황금색 단약 몇 개를 꺼내 연준혁에게 건넸다.

"이건 뭡니까?"

"대환단이라고 하더군요. 협회장님이 하나 드시고, 나머지는 협회에 공을 세운 사람들에게 주세요."

"대, 대환단!"

"여기서도 대환단을 아네요?"

"다, 당연하죠! SS급 아이템입니다! 지금까지 이것을 얻은 각성자는 전 세계 통틀어서 세 명밖에 없었습니다!"

"오! 정말 좋은 물건이네요."

"이, 이걸 정말 저에게 주시는 겁니까?"

영웅은 고개를 끄덕였다.

그 모습에 연준혁은 영웅의 거대한 그릇을 느꼈다.

"가, 감사합니다."

"에이, 뭘요. 우리가 남도 아니고. 그럼 저는 집에 좀 다녀올게요. 준비 좀 해 주세요."

"네! 최고의 전격검으로 준비해 놓겠습니다!"

"그럼 부탁해요."

말과 함께 순식간에 영웅은 자리에서 사라졌다.

연준혁은 영웅이 있던 곳과 자신의 손에 들려 있는 구양신공, 대환단을 번갈아 바라봤다.

　꿈이 아니었다. 이것만 있으면 S급 각성자를 더 만들어 낼 수 있었다.

　그러면 한국의 힘은 더욱 강해질 것이다.

　"하하하, 천민우 그 친구가 왜 저분을 그리도 극진히 모시는지 알겠군. 나도 모시고 싶어질 정도니……."

　연준혁은 자신의 손에 들려 있는 것들을 소중히 안으며 천천히 발걸음을 옮겼다.

　일주일의 시간은 순식간에 지나갔다. 영웅은 그동안 이것저것 준비를 많이 했다.

　그중에 가장 공을 들인 것은 역시 음식이었다.

　모든 준비를 마친 영웅은 연준혁을 찾아왔다.

　"이것입니다."

　연준혁이 내민 검은 영웅이 말한 형태를 그대로 갖춘 완벽한 모조품이었다.

　"여기에 붙어 있는 부적을 떼면 그때부턴 사람들의 손을 거부하는 강한 전력을 뿌려 댈 것입니다."

　"오! 대단하네요. 진본도 그런 식으로 만들어졌을까요?"

영웅의 말에 연준혁이 고개를 저었다.

　"진품은 인간이 만들었다고 생각이 되지 않을 정도로 완벽한 무기입니다. 심지어 저 검에 봉인되어 있는 힘은 측정조차 불가할 정도입니다. 웜홀에서 나왔다면 신화급 장비, 아니 그 이상의 물건이 되었을지도 모르겠군요."

　신화급은 웜홀에서 나오는 장비 중에서 가장 높은 등급의 아이템이었다.

　"그 정도인가요? 좋네요. 뇌황이라는 자가 사용했던 검이라던데, 그는 엄청 강했겠군요."

　영웅은 싱긋 웃으며 검을 다시 4차원 공간으로 밀어 넣었다.

　"저 검의 힘은 인간이 다룰 수 있는 수준이 아닙니다. 뇌황이 누구인지는 모르겠지만, 아마 검이 가진 힘의 아주 일부분만 사용했을 것입니다. 그리고 저 검에서는 영력이 느껴집니다. 주인을 알아본다는 것이지요. 제 생각으론…… 뇌황이라는 자도 저 검의 주인은 아니었을 것입니다. 무언가를 위해 협력한 정도? 뭐 그 정도로 볼 수 있겠군요."

　"영력을 가진 검이라…… 재밌네요. 검이 자신을 위해 인간을 이용한다니. 그럼 준비한 검은 어떻죠?"

　그런 영웅을 보며 연준혁이 설명을 이어 갔다.

　"7서클 마법사가 직접 인첸트 한 마법 무기입니다. 실제로도 사용할 수 있는 무기고요. 검에서 흘러나오는 뇌전만 버틘다면 말이죠."

연준혁의 말에 영웅이 마법 검을 이리저리 살피며 마음에 든다는 표정을 지었다.

"네, 그 정도면 충분해요. 그럼 저 다시 갔다 올게요."

"알겠습니다, 부디 즐겁게 지내시길."

연준혁의 말에 손을 흔들고 다시 화이트 윔홀로 들어가는 영웅이었다.

그 모습이 마치 게임하기 위해 접속하는 사람같이 보였다.

화이트 윔홀을 통과한 영웅은 백가의 비동이 있는 곳으로 순간 이동 했다. 그리고 천뢰신검이 꽂혀 있던 곳에 마법 검을 꽂아 넣고 부적을 떼어 냈다.

빠지직—!

부적을 떼어 내자 천뢰신검처럼 뇌전을 뿌려 대었다.

"정말 똑같네. 이 정도면 완벽하게 속겠어."

또 이것을 다룰 수 있도록 뇌신멸천신공을 개조했다. 비급 명은 멸뇌신공(滅雷神功)이라고 적어 두었다.

휑해 보이는 주변은 대충 비동 무기고에서 녹슬어 가던 것들을 그럴싸하게 바닥에 박아 놓았다.

마치 가운데에 있는 검을 위해 꾸며 놓은 것처럼 말이다.

"됐어! 그래도 뭔가 좀 부족한데?"

영웅은 마지막 비동이 아닌 그곳을 지나쳐 가는 비동마다 글귀를 적어 두었다.

진짜로 백가의 후손에게 말하는 듯한 글귀들 말이다.

물론 비동마다 함정을 설치해 두는 것도 잊지 않았다. 그 덕에 연준혁이 준 카드를 세 장이나 소비했지만 말이다.

영웅을 감시하라고 보낸 가광이 대장로 앞에서 부복한 채로 무언가를 건네고 있었다.

"이게 무엇인가?"

"삼 공자가 애지중지하는 물건인데 얼마 전에 잃어버렸습니다. 왠지 중요한 물건인 것 같아 돌려주려다가 대장로님께 이렇게 가져왔습니다."

가광의 말에 대장로가 시큰둥한 표정으로 겹겹이 접혀 있는 오래된 가죽을 펼쳤다.

가죽에는 어떤 그림이 그려져 있었다.

잠시 그것을 살피던 대장로의 눈이 휘둥그렇게 변했다.

재빨리 가죽을 다시 반으로 접고는 가광을 바라보았다.

"너는 이것을 펼쳐 보았느냐?"

"아닙니다. 소신은 그것이 무엇인지 모르옵니다."

"정말이냐?"

"소신의 목숨을 걸고 맹세할 수 있습니다."

대장로는 고개를 끄덕였다.

이게 무엇인지 알았다면 자신에게 가져오지 않았을 것이다. 오히려 가지고 도망을 갔겠지.

"고생했다. 이것은 우리 천무성에 아주 중요한 물건이다. 나중에 너에게 포상을 할 것이다."

"가, 감사합니다!"

"껄껄껄, 공을 세웠으면 상을 주는 것이 당연한 것이거늘. 이만 물러가거라. 조만간에 좋은 소식이 있을 것이다."

"대장로님의 은혜에 감읍할 따름입니다. 소신 가광, 이만 물러가겠습니다."

가광이 뒷걸음질로 방을 나서자 대장로는 길게 숨을 내쉬며 주변을 둘러봤다. 아무도 없는 것을 확인하고는 다시 조심스럽게 가죽을 펼쳤다.

"이, 이건…… 확실하군. 백가의 비동이 있는 곳을 가리키는 지도다."

대장로의 손이 부들부들 떨리고 있었다.

그의 얼굴은 믿을 수 없다는 표정이었다.

이것을 찾기 위해 천무성의 구석구석 안 찾아본 곳이 없을 정도였다.

"역시 그 머저리가 들고 다녔었군. 그런데 이걸 그렇게 쉽게 잃어버린다고?"

대장로는 잠시 의심하다가 이내 고개를 저었다.

"크크크. 아니지. 그놈이라면 가능할 법도 하군. 이것이 무엇인지를 알았다면 이곳이 아니라 이 지도 속에 나와 있는 백가의 비동을 찾아갔겠지. 백무상, 네놈의 막내가 나에게 엄청난 선물을 안겨 주는구나. 네 자식의 멍청함을 원망하거라, 크크크."

의심할 가치도 없는 인간이 바로 삼 공자 백군명이었다.

"모든 일이 이렇게 술술 풀리니 오히려 더 불안하군, 크크."

대장로는 서둘러 비동이 있는 곳으로 가려다 다시 자리에 앉았다.

"아니지, 백가 놈들이 그동안 철저하게 감춰 둔 곳이다. 그런 곳을 쉽게 들어갈 수 있을 리가 없지."

대장로는 자신의 수염을 쓰다듬으며 생각에 잠겼다.

그러다가 무언가가 떠올랐는지 손뼉을 치며 크게 웃었다.

"크하하하하! 그렇게 하면 되겠구나! 이거야말로 꿩 먹고 알 먹고, 일거양득이 아니던가! 크하하하하!"

⌐━━━┐

며칠 후, 천무 대회의 방식을 바꾼다는 공문이 온 가문으로 날아갔다.

물론 영웅이 있는 곳으로도 공문이 날아왔다.

"흠, 방식을 바꾼다라……."

"그렇습니다. 그런데 대장로가 백가의 비동이 그려진 지도를 발견했다고 하는데…… 혹시 주군께서?"

담선우의 말에 영웅이 고개를 끄덕였다.

"가광한테 건네줬지. 우연히 얻은 것처럼 해서 전해 주라고 했어. 그런데 이렇게 대대적으로 발표할 줄은 몰랐는걸, 예상외야."

영웅의 말에 다들 말이 없었다.

그 모습에 영웅이 고개를 갸웃거리며 물었다.

"왜들 그런 눈으로 보는 거야?"

"그래도 비동인데 이렇게 쉽게 알려도 되겠습니까?"

담선우의 질문에 영웅은 무엇 때문에 이들이 이러는지 깨닫고 피식 웃었다.

"응, 걱정하지 마. 그 안에 있는 것들은 전부 내가 가져왔으니까. 아무것도 없는 비동이야. 아니다, 함정만 남아 있는 비동이라고 하는 것이 더 정확하겠네."

"함정만 남겨 두었다고요? 아니, 주군께서는 함정을 어찌 피하고 들어가신 겁니까?"

담선우의 질문에 영웅이 씩 웃으며 순식간에 자취를 감추었다.

그리고 다시 나타났을 때 그의 손에는 무언가가 들려 있었다.

　"헉! 그, 그것은! 등천문의 장문령이 아닙니까!"

　"맞습니다. 적염지왕에게 잠시 빌려 왔습니다."

　"네? 지, 지금 빌려 왔단 말씀입니까? 등천문까지 거리가 얼만데…….."

　"아무리 멀어도, 그리고 아무리 깊숙한 곳에 숨겨져 있어도 제가 기억하는 곳이거나 눈에 보이는 곳이면 그곳으로 순간 이동을 할 수 있지요."

　"…….."

　이제 놀라기도 지칠 지경이었다.

　하지만 심장이 벌렁거리는 것은 어쩔 수가 없었다.

　"그, 그게 가능한 것입니까?"

　"글쎄요? 저는 가능하네요."

　"허허, 저는 정말 주군과 한편인 것이 얼마나 다행인지 모르겠습니다."

　"저, 저도 그렇습니다! 저, 절대로 주군 곁에서 떨어지지 않을 것입니다."

　방 안에 있는 사람들 모두가 영웅을 보며 다시 한번 충성을 맹세하고 있었다.

　영웅은 머리를 긁적이고는 다시 사라졌다가 나타났다.

　"장문령을 돌려주고 왔으니 걱정하지 마세요. 이제 아셨죠? 제가 어찌 함정을 피해 안으로 들어갔다 왔는지."

다들 고개를 끄덕였다.

하지만 담선우는 그러지 않았다.

"그런데 비동이 땅속 어디쯤 있는지 알고 들어가신 겁니까? 자칫 잘못 이동하면 그냥 땅속에 파묻히는 것이 아닌지……."

"음, 땅속을 볼 수 있다고 해 두지."

"네, 알겠습니다. 이해했습니다."

이제 영웅이 하는 말이라면 무조건 믿기로 한 담선우였다. 어차피 인간의 상식으로는 잴 수 없는 사람이었다.

신을 어찌 인간인 자신이 잴단 말인가.

"그럼 그곳에는 이제 아무것도 없겠군요."

등천무제의 말에 영웅이 고개를 저었다.

"아니요. 천뢰신검을 두고 왔지요, 비급하고."

영웅이 대수롭지 않게 말하자 그곳에 있는 사람들이 또다시 화들짝 놀라며 말했다.

"네에? 그, 그게 무슨 말씀입니까?"

"주군! 농담이시죠?"

다들 제발 농담이라고 말해 달라는 눈빛으로 영웅을 바라보았다.

그 모습에 영웅이 재밌다는 표정으로 피식 웃으며 말했다.

"농담은 아니고, 가짜 천뢰신검을 두고 왔습니다. 물론 성능은 얼추 비슷하긴 하지만요. 비급도 제가 살짝 손본 상태로 두었습니다. 아마도 그것을 익히면 강해지긴 하겠지만, 그러기 위해선 엄청난 노력을 해야 할 겁니다."

"가짜 천뢰신검요? 그런데 성능이 비슷하다니요? 거기에 비급인데 주군께서 손을 봤다고요?"

담선우의 말에 영웅이 고개를 끄덕였다.

"대충 그런 줄 알고, 온 공문이나 읽어 봐."

영웅의 말에 담선우가 놀라서 떨어뜨린 공문을 바라보았다.

천천히 바닥에 떨어진 공문을 주워서 다시 읽기 시작했다.

공문의 내용을 다 들은 영웅이 말했다.

"한마디로 천무성의 비동을 찾았으니, 그 안에 있는 함정을 가장 먼저 정복한 사람에게 일 차전의 승리를 주겠다는 거잖아."

"그렇습니다. 천무성의 보물이니 반드시 되찾아야 한다고 적혀 있습니다."

"교묘하게 자신에게 난감한 부분을 다른 이들이 처리하게 했어. 함정이 제거될 때쯤 나타나 상황을 정리하는 척하면서 안에 있는 것들을 독차지할 셈이군."

"제 생각도 그렇습니다. 그래도 전부 먹지는 못하고 일부 나눠 줄 생각은 하고 있을 겁니다."

"나눠 줄 것도 없어. 그 안에 있는 것이라곤 돌멩이와 흙,

그리고 녹슨 검들밖에 없으니까."

영웅은 자신의 앞에 있는 차를 들어 올리며 말했다.

"우리는 그냥 참석하는 시늉만 해. 거기에 설치한 함정들은 만만한 것들이 아니니까."

"알겠습니다."

"자, 이제 지켜보자고. 저 승냥이 같은 것들이 어떤 곤란에 빠지는지."

사악한 미소를 지으며 차를 음미하는 영웅의 모습에, 누가 악당인지 헷갈리기 시작하는 사람들이었다.

천무성에 뿌려진 공문의 내용을 본 오성가 사람들은 그야 말로 난리가 났다.

백가의 보물이 묻혀 있는 비동이라니.

그것을 같이 공유하겠다고 선언한 것이다.

오성가는 철저하게 준비하고 비동이 있는 곳을 향해 출발했다. 그 수가 얼마나 대단한지 끝도 없이 이어졌다.

비동에 도착하자 그들을 반기는 것은 비동 전체를 둘러싸고 있는 거대한 진법이었다.

지옥만변환진(地獄萬變幻陣).

그것이 이 비동을 둘러싸고 있는 진의 이름이었다.

이 진법을 뚫는 방법은 의외로 간단했다. 진의 생로를 열기 위해서는 사람의 목숨을 제물로 바치면 되었다. 다만 그 수가 어마어마했다.

오성가는 수백 명을 희생시키고 나서야 겨우겨우 생로를 찾아 진을 통과할 수 있었다.

"젠장, 지옥만변환진이라니! 이곳이 백가의 비동이라는 것이 사실이었군."

"내 생각도 마찬가지네. 무언가 중요한 것을 숨겨 두지 않고서야 이런 사악한 진법을 설치해 놓았을 리가 없겠지."

수백을 희생시키고서야 겨우 비동의 입구까지 온 사람들.

비동의 입구에는 백가의 핏줄과 망자가 아니면 들어오지 말라는 경고가 새겨져 있었다.

"크크! 글에서도 오만함이 묻어 있군. 너희 백가는 이것으로 역사 속으로 사라질 것이다."

오성가의 종리세가주가 입구에 새겨진 글귀를 비웃으며 장력을 날렸다.

쿠쿠쿠쿠ー!

종리세가주의 장력에 글귀가 새겨진 부위가 산산조각 났다.

"너무 힘 빼지 마라. 이제 시작이다."

"미안."

"하하, 아니다. 나도 그 글귀는 눈에 거슬렸던 참이다. 잘

했어."

"자 자, 어서 들어가자. 이러다가 입구에서 날 새우겠다."

온 신경을 곤두세운 채 동굴로 들어가는 그들이었다.

하지만 동굴 속에서 그들을 반기는 것은 역시나 기상천외한 함정들이었다.

벽에서 화살이 튀어나오고 거대한 돌이 굴러오는 것은 예상했다. 천장이 무너져 내리고 바닥이 꺼지는 것도 역시 예상 범위였다.

그렇게 겨우겨우 첫 번째 비동에 도착한 이들을 반기는 것은 상상조차 못 한 것이었다.

크르르르르-!

먹을 것 하나 없는 이 깊은 동굴 속에서 짐승의 소리가 들려왔다.

그 소리를 듣는 순간 사람들의 몸에서 소름이 돋았다.

"뭐, 뭐야! 안에 무언가가 있다! 다들 무기를 꺼내!"

촤창- 촤차차차창-!

사방에서 무기를 꺼내는 소리가 들려왔다. 그리고 다시 고요함이 이어졌다.

무인들이 사방을 경계하며 침을 삼키고 있었다.

크르르르-!

다시 들려오는 짐승의 낮은 울음소리.

"아무래도 저 비동 속에서 들려오는 것 같군."

"빌어먹을 백가 놈들, 도대체 동굴 안에 뭘 넣어 둔 거야?"

최대한 경계하면서 한 걸음, 한 걸음 내디뎠다. 자신들의 발아래 있는 바닥의 색이 바뀌어 있는 것도 모른 채 말이다.

사람들이 붉은색 영역으로 들어오자 앞에서 수십 개의 불빛이 보이기 시작했다.

"저, 저게 뭐지?"

"뭐가 되었든, 우리에게 좋은 현상은 아닌 듯한데?"

말이 씨가 되었다. 말이 끝남과 동시에 앞에서 엄청난 포효가 들려왔다.

크와와왕-!

"크윽! 제길, 맹수다! 앞에 맹수들이 있다. 횃불을 던져서 어둠을 밝혀라!"

무인들이 들고 있던 횃불을 울음소리가 들려오는 곳으로 던졌다.

그러자 짐승의 울음을 내는 동물들의 정체가 드러났다.

"저, 저게 뭐야!"

"마, 말도 안 돼! 저, 저렇게 크다고?"

칠흑같이 어두운 가죽이 온몸을 감싸고 있고, 앞에 송곳니 두 개가 길쭉하게 나 있는 거대한 괴물 수십 마리가 동굴 속으로 들어온 무인들을 바라보고 있었다.

"오, 온다! 모두 전투준비!"

크와와왕-!

"죽어라!"

"화살을 날려!"

슈슈슈슉-! 티티티팅-!

"화, 화살이 먹히지 않습니다!"

"빌어먹을! 검에 검기를 둘러라! 일반 맹수가 아니다!"

명령과 동시에 무인들은 검에 푸르스름한 검기를 머금고 자신들을 향해 달려오는 맹수들에게 휘둘렀다.

크아아앙-!

"으아아악!"

"내 팔! 내 팔!"

"사, 살려 줘!"

맹수들은 무인들 사이로 뛰어들어 사정없이 물어뜯었다.

무인들은 저항했지만 역시 평범한 맹수가 아니었기에 검이 맹수의 가죽을 뚫지 못했다.

"흐, 흑강호(黑殭虎)! 저 마물이 왜 여기에!"

"천기, 그대가 아는 맹수인가?"

"알다마다! 저건 살아 있는 것이 아닐세! 강시야! 호랑이를 강시로 제조한 마물일세!"

"뭐? 미, 미친 백가 놈들! 도대체 이 안에 뭐가 들어 있길래 저런 것들을 배치해 놨단 말인가!"

"크큭! 그러니 더 기대되는 것이 아닌가. 가 보자고. 얼마나 대단한 것들을 두었는지 말일세."

흑강호.

쉽게 말해서 호랑이를 강시로 만든 것이다.

그리고 이 맹수의 정체를 알아챈 사람은 장손세가의 장손천기였다.

사실 이 맹수는 엄밀히 말하면 흑강호가 아니었다. 장손천기가 말한 흑강호와 비슷하지만 다른 생명체였다.

영웅이 각성자 카드로 소환한 몬스터가 맞았다.

다만 시체로 만들어진 생명체라는 것은 같았기에 그렇게 느낀 것이다.

까가강-!

"끄아아악!"

"사, 사람 살려!"

가주들의 대화와 달리 흑강호가 날뛰는 현장은 아비규환 그 자체였다. 검도 통하지 않고, 어찌어찌 찔러 넣어도 고통을 느끼지 못하니 아무렇지도 않게 계속 날뛰고 있었다.

"모두 물러서라!"

장손세가주인 장손천기가 소리쳤다.

그 말을 기다렸다는 듯이 무인들이 허둥지둥하며 물러섰다.

사람들이 물러서자 흑강호가 짐승의 소리를 내며 방금 소리친 장손천기를 바라보았다.

"보아하니 저곳을 넘지 않으면 공격하지 않는 모양이군."

흑강호들의 움직임이 멈춘 것을 보고 주변을 관찰하니, 동굴 입구를 넘어서지 않으면 공격하지 않는 듯했다.

"그게 중요한 것이 아니지. 저것들을 없애야 저길 지날 수 있다는 게 중요한 것이니까."

"내게 맡기게."

장손천기가 자신의 애검을 꺼내 들며 흑강호가 있는 곳으로 몸을 날렸다.

"자홍천왕검(紫鴻天王劍)!"

공중에서 긴 검을 횡으로 빠르게 휘두르자, 자줏빛 기러기 모양의 검강이 흑강호를 향해 날아갔다.

스가강-!

크아아앙!

자홍천왕검에 몸의 절반이 잘려 나갔음에도 움직이려고 꿈틀거리는 흑강호들이었다.

"역시 자홍검법! 명불허전이군!"

"그걸 맞고도 살아 있다니 마물은 마물이군."

"흥! 빠른 속도로 시기가 빠져나가고 있으니 곧 먼지로 변해 사라질 것일세."

장손천기가 검을 검집에 집어넣으며 말하자, 시선이 일제히 꿈틀거리는 흑강호에게 쏠렸다.

그러자 정말로 움직임이 줄어들면서 서서히 몸이 바스러

지기 시작했다.

"오오! 정말이군. 하하, 고생했네!"

종리세가주가 등을 두드리며 칭찬하자 미소로 대답을 대신하는 장손천기였다.

"자, 마물 놈들도 사라졌으니 어서 다음 방으로 이동하세."

"후우, 첫 번째 방에서부터 이런 놈들이면 다음 방에는 무엇이 있을지 걱정되는군."

"어차피 쉽지 않을 걸 생각하고 온 것이지 않은가."

"크크, 그건 맞지."

검은 자국만 남긴 채 먼지로 변해서 사라진 흑강호를 지나 다음 방으로 이동한 사람들.

다음 방은 딱히 크게 이상할 것이 없어 보였다.

"뭐지? 아무런 일도 일어나지 않는데?"

"제길, 그러니까 더 긴장되는군. 모두 집중해라! 뭐가 나올지 모르니!"

자신의 수하들에게 경고하면서 천천히 앞으로 나아가는 그들.

쿠쿠쿵-!

"헉! 뭐, 뭐냐!"

그때 갑자기 땅이 울리기 시작하더니 천장에서 먼지와 함께 돌 조각들이 떨어지기 시작했다.

다들 천장을 바라보니 천장에 붙어 있던 거대한 돌덩어리들이 흔들거리며 바닥으로 떨어지려 하고 있었다.

　"피해!"

　빼곡하게 떨어지는 돌덩어리를 피하려고 사람들은 전력으로 출입문 쪽으로 달려갔다.

　쿠르르르─!

　그러자 출입문이 서서히 닫히기 시작했다.

　"추, 출입문이!"

　"막아!"

　흥흥흥흥─! 콰콰쾅─!

　그 순간 거대한 봉 하나가 출입문 쪽으로 날아갔다.

　추씨세가주의 여의천봉이었다.

　만년한철로 제조하여 그 무게만 3백 근이 나가는 봉이었다. 말이 좋아 봉이지 작은 기둥 하나를 들고 다니는 것 같았다.

　아무튼 기둥같이 생긴 봉이 내려오는 출입문을 박살 내고 다시 추씨세가주가 있는 곳으로 빨려 들어갔다.

　"허허, 자네의 여의천봉과 그 허공섭물은 언제 보아도 대단하군."

　"크크크, 고맙군. 일단 저 돌덩이들도 해결해야겠군."

　추씨세가주는 기둥같이 생긴 여의천봉을 빙글빙글 돌리며 서서히 떨어지기 시작하는 돌덩어리들을 향해 날렸다.

　"천력파암강(天力破巖罡)!"

기둥 같은 봉에 추씨세가주의 강기가 둘리며 천장에 붙어 있는 돌덩이들을 박살 내기 시작했다.

후두두둑-!

사방에서 떨어지는 돌덩이들은 아래에 있던 무사들이 각자 자신들의 무기로 다시 잘게 부수거나 옆으로 튕겨 내었다.

순식간에 천장에 있던 거대 돌덩이들을 처리한 추씨세가 주가 손을 털면서 자신의 봉을 잡았다.

"크하하하! 이번엔 내가 해결했다."

"고생했다. 다음 방에서 벌어지는 일은 내가 해결하지."

다들 웃으며 다음 방으로 이동했다.

다음 방에서는 식물들이 그들을 공격했고, 공씨세가주의 염화신공으로 불태워 해결했다.

그다음 방은 복잡한 수식을 풀어야 하는 함정이었지만, 모 씨세가주가 가볍게 풀어 버리면서 마지막 문이 열렸다.

쿠그그그긍-!

"드디어 마지막 방이군. 이곳에는 무엇이 있을까?"

"나름 재밌었어. 가끔 이런 자극이 필요한 것 같아."

"자네 말이 맞네. 크크크크."

다들 마지막 방이라는 사실에 흥분되었는지 상기된 얼굴로 안으로 들어갔다.

마지막 방은 무언가 신비한 분위기를 풍기고 있었다.

사방에는 낡은 검들이 빼곡하게 박혀 있었다.

"뭐야, 여긴."

"아무래도 검의 무덤 같은데? 왜 이런 곳에 검의 무덤을 만들었지?"

"이런 녹슨 철검 따위를 얻으려고 그 고생을 한 것이 아니란 말이다!"

다들 어리둥절하거나 허탈함에 분노를 토해 낼 때, 종리세가주는 방의 중앙을 유심히 바라보았다.

"이 검들이 저기 가운데에 있는 검을 위해 꽂혀 있는 것 같지 않은가?"

종리세가주의 말에 다들 그곳을 바라보았다.

유달리 빛을 내며 고고하게 바위에 꽂혀 있는 검 하나가 그들의 시야에 들어왔다.

"저건…… 좀 특별해 보이긴 하는군."

"특별해 보이는 것이 아니라 특별한 거겠지. 내 생각엔 저 검 때문에 이 비동을 만든 것이 아닌가 생각이 드는군."

다들 종리세가주의 말에 동의하며 빼곡한 검들을 지나서 가운데로 들어갔다.

그리고 가까이에서 보고 말았다.

바위에 꽂혀 있는 검의 검 면에 적혀 있는 글씨를 말이다.

천뢰신검

그 글씨는 그곳에 있는 사람들의 말문을 막히게 했다.

그만큼 그 검의 이름이 주는 충격이 대단했다는 소리였다.

숨소리조차 들리지 않는 순간이 지나고, 누군가가 참았던 숨을 세차게 내쉬며 경악했다.

"처, 천뢰신검!"

경악과 함께 나머지 사람들의 입도 열리기 시작했다.

"미, 미친! 천뢰신검이라니!"

"저, 전설의 천뢰신검이 맞단 말인가? 전설이 사실이라고?"

"저것이 진짜인지 어찌 아는가!"

"천뢰신검은 주인을 가린다고 들었다. 한 명을 희생해서 저 검을 들게 해 보자."

추씨세가주의 말에 다들 고개를 끄덕였다. 수하의 목숨 따위는 아주 가볍게 생각하는 자들이었다.

자신의 운명을 아는지 모르는지 가주의 부름에 달려온 수하에게 추씨세가주가 말했다.

"저 검을 뽑아라."

"충!"

가주의 말에 수하가 재빨리 달려가 검의 손잡이를 잡고 뽑아 들었다.

그런데 웬걸.

주인을 가린다는 검이 아무런 반응이 없었다.

"뭐야? 반응이 없잖아! 역시 가짜였던가?"

"가짜를 왜 이곳에 둔 거지?"

"우리를 이곳으로 유인하기 위한 함정이 아닐까?"

다들 갑론을박하고 있을 때, 추씨세가주가 무언가를 생각하더니 자신의 수하에게 말했다.

"검에 내공을 주입하거라."

"충!"

가주의 명에 검에 내공을 주입하는 수하였다.

웅웅-!

내공이 들어가자 검이 울기 시작했고, 엄청난 뇌전이 검에서 나오기 시작했다.

빠지지직-!

"끄아아아악!"

검에서 나온 엄청난 위력의 뇌전에, 검에 내공을 불어 넣은 수하가 순식간에 검은 숯으로 변하면서 목숨을 잃었다.

땡그랑-!

사람이 새까맣게 타 죽었음에도 가주들의 시선은 모조리 바닥에 떨어진 검에 가 있었다.

"지, 진짜였어."

"저, 정말로 주인이 아닌 자는 거부하는구나."

"과연 신검이다! 전설은 사실이었군."

"백가 놈들! 잘도 이런 기보를 이곳에 숨겨 두었구나."

모두는 흥분해서 말을 떠들어 대었다.

"저, 저기에 서책이 있다!"

종리세가주의 말에 뒤편을 바라보자, 낡은 책자 하나가 바닥에 아무렇게나 떨어져 있었다.

각 세가의 가주들은 조심스럽게 그 서책이 있는 쪽으로 갔다.

멸뇌신공

"멸뇌신공? 자네 들어 봤나?"

"아니, 처음 들어 보는 무공일세."

"오늘 처음 보는 무공인데……?"

다들 고개를 갸우뚱하면서 조심스럽게 책장을 넘겼다.

샤락—!

책장을 넘기자 가장 첫 장에 나온 글에 다들 다시 흥분하기 시작했다.

멸뇌신공은 본 좌가 말년에 모든 심득을 모아 창시한 무공이다. 이 무공을 극성까지 익힌다면 나의 애검인 천뢰신검이 너를 주인으로 인정할 것이다.

이것을 발견한 나의 연자여, 부디 무림 평화를 위해 이 무공을 사용해 주길 바란다. -뇌황

"뇌황!"

"뇌황의 최후 심득이라니!"

비급까지 나오자 사람들은 천뢰신검이 진짜라고 믿기 시작했다.

"뇌황의 비급에, 그와 함께했던 천뢰신검이라니! 백가 놈들이 그렇게 함정을 파고 철저하게 감춘 이유가 있었구나."

"어쩐지 무언가 믿는 구석이 있는 것 같더라니! 이것들이 있다면, 언제든지 후일을 도모할 수 있을 테지. 그래서 그렇게 고고한 척한 것이었나."

"그래, 이 무공과 저 검이 있다면 언제든 백가가 다시 일어섰을 것이고, 무림 일통도 가능했겠지."

"천뢰신검의 주인이 되는 방법은 이 무공을 극성까지 익히는 것이군."

장손천기는 호기심에 다음 장으로 넘기려고 책자에 손을 뻗었다.

그러자 사방에서 엄청난 살기가 그를 덮치기 시작했다.

화들짝 놀란 그가 재빨리 몸을 뒤로 빼며 둘러보니, 금방이라도 출수할 것 같은 모습으로 자신을 노려보는 네 명의 가주들이 보였다.

친우가 아닌 철천지원수를 보는 듯한 눈빛들을 보고는 당황한 장손천기였다.

"왜, 왜들 이러는가?"

"천기, 지금 무엇을 하는 것인가."

"나, 나는 그저 다음 장이 궁금하여……."

쿵-!

장손천기의 말에 추씨세가주가 자신의 봉으로 바닥을 내려치며 말했다.

"이것은 자네 혼자서 그렇게 맘대로 넘기고 그럴 수 있는 물건이 아닐세. 조심하게나."

"맞는 말일세. 내 손으로 친우를 죽이지 않게 해 주시게."

다들 고개를 끄덕이며 장손천기를 노려보았다.

그 모습에 장손천기는 정신을 차렸다.

그리고 똑똑히 보았다. 저들의 눈에 욕심이 가득 찼음을 말이다.

저 책을 차지하기 위해 저 가문들은 피비린내 나는 전쟁을 할지도 몰랐다.

그 순간 소름이 돋았다.

장손천기는 비급과 검을 잠시 바라보았다.

'과유불급(過猶不及).'

그의 머릿속에서 떠오른 말은 바로 그것이었다.

장손천기는 앞으로 펼쳐질 지옥에서 자신의 가문을 살려야겠다고 생각했다.

"미, 미안하네. 사죄의 의미로 나는 천뢰신검과 저 비급에 대한 지분을 포기하겠네."

신검과 비급을 포기한다는 말에 순식간에 살기가 누그러지면서 다시 입가에 미소를 띠는 가주들이었다.

"허허, 이 사람. 그렇다고 또 그렇게 쉽게 포기하고 그러는가."

"맞네, 같이 고생한 사람끼리 말일세."

언제 그랬냐는 듯 웃으며 장손천기를 위로하는 사람들이었다.

"아, 아닐세. 나는 이만 먼저 나가 보겠네. 자네들끼리 알아서 잘 해결하고 나오시게."

"이런, 자네 뜻이 정 그렇다면 알겠네. 조심히 나가게나."

다들 장손천기를 배웅하는 듯 마는 듯하면서 시선은 전부 검과 비급에 가 있었다.

조금이라도 다른 곳에 정신을 팔지 않겠다는 의지가 엿보였다.

그 모습에 장손천기는 고개를 절레절레 흔들며 그곳을 빠져나왔다.

'이제 곧 악귀들이 서로 저것을 먹겠다고 다투겠구나. 저게 진짜 함정이었다, 가장 무서운 함정.'

인간의 욕심을 이용한 함정.

그리고 쉽사리 빠져나갈 수 없는 엄청난 것이었다.

다행히 장손천기는 그것들을 쉽게 포기할 수 있었다.

저 검을 차지하기 위해선 가문의 모든 것을 걸어야 하는데, 장손천기에겐 절세 신검이나 비급보단 가문이 더 중요했기 때문이다.

물론, 잠시 혹해서 정신이 나갔었던 것은 사실이다.

저들의 살기를 직접 경험하지 않았다면, 저들과 같이 저 검과 비급을 바라보며 침을 흘리고 있었을 것이다.

그래도 아쉬운지 비동을 바라보면 입맛을 다시는 장손천기였다.

떨어지지 않는 발걸음을 억지로 움직여 밖으로 나오려는데 뒤에서 인기척이 느껴졌다.

오성가의 수하들은 신검과 비급을 발견했을 때 전부 비동 밖으로 내보낸 상태였기에 이 비동에 사람이 있어서는 안 되었다.

더욱이 지금 자신이 느낀 이 기척은 가까이 올 때까지 전혀 눈치채지 못했다.

그때 익숙한 목소리가 들려왔다.

"어라? 뭐지? 지금쯤 아귀다툼을 하고 있을 거라 생각했는데, 의외로 조용하네?"

3장

자신의 기척을 숨기고 이렇게 가까이 접근할 수 있는 자는 중원무림에 많지 않았다.

그런데 지금 등 뒤에서 들려오는 목소리가 자신이 아는 그 자라면 기척을 못 읽을 리 없었다.

설마 하는 마음에 뒤를 돌아보니 정말로 자신이 아는 그 인물이 눈앞에 서 있었다.

"사, 삼 공자? 그, 그대가 어찌 여기에?"

장손천기의 말에 영웅이 웃으며 말했다.

"그래도 면전이라고 삼 공자라고 해 주네? 무능공자니 뭐니 부를 줄 알았더니."

영웅의 말에 장손천기의 표정이 굳었다.

"나에게 하대를 해도 좋다고 허락한 적 없는 것 같은데? 공자께서는 어찌 나에게 하대를 하시는 것이오. 나는 그대의 아래가 아니오. 예의를 지키시오."

"예의? 남의 가문 비동을 멋대로 침범하고 들쑤셔 놓은 도둑놈의 입에서 예의라는 말이 튀어나올 줄은 몰랐는데?"

"그, 그건……."

이야기하다 보니 무언가 이상함을 느꼈다.

너무도 자연스럽게 자신을 압박하며 대화하고 있었다.

"당신 누구요! 저, 정말로 삼 공자가 맞소?"

"왜, 무능하고 멍청한 데다 말까지 어눌하던 놈이 조목조목 반박하니까 다른 사람 같아? 네가 보기엔 어떤데? 내가 삼 공자 같아, 응?"

아니다. 절대로 삼 공자일 리가 없었다.

자신이 아는 삼 공자는 저렇게 말을 능수능란하게 하지 못했다.

삼 공자가 아닌 누군가가 그를 사칭한다고 생각한 장손천기가 외쳤다.

"누구냐! 정체를 밝혀라!"

장손천기의 말에 영웅이 여전히 미소를 지으며 말했다.

"자기가 방금 삼 공자라고 말해 놓고서 누구냐고 하면, 내가 뭐라고 대답해야 하나?"

영웅이 말한 것의 대답은 뒤에서 고개를 조아리고 있던 남자가 고개를 들며 대신 했다.

"이분은 천무성의 삼 공자님이 맞으십니다. 그것은 제가 장담하지요."

"그, 그대는? 척살단주?"

영웅의 뒤에서 등장한 이는 척살단주 광패무적도 현웅이었다. 장손천기 역시 잘 아는 사람이었다.

"그대가 어찌?"

장손천기의 동공이 세차게 흔들리고 있었다. 방금 말투로 보아 삼 공자를 모시는 것처럼 느껴졌다. 자신이 알고 있던 모든 것이 무너지는 순간이었다.

장손천기는 영웅을 바라보며 더듬거리는 말로 물었다.

"서, 설마…… 세, 세상을 속이신 것이오?"

장손천기의 말에 영웅이 미소를 거두며 말했다.

"그렇다면?"

"어찌……?"

"그래야 어떤 놈이 천무성을 좀먹는 버러지인지 찾아낼 수 있을 테니까. 이제 대답이 좀 되었나?"

영웅의 몸에서 엄청난 기세가 흘러나왔다.

그 기세를 정면에서 부딪친 장손천기는 상상을 초월하는 엄청난 기운에 경악했다.

"크윽! 이, 이런 엄청난 힘이라니!"

지금 영웅이 내뿜고 있는 기운은 내공이 아니었다.

영웅이 가지고 있는 순수한 힘.

이 세상의 것이 아닌 것 같은 압도적인 기운.

그것이 흘러나오고 있었다.

그 누구도 이 기운을 버틸 수 있는 사람은 없었다. 장손천기 역시 마찬가지였다.

자신이 태어난 이래로 처음 느껴 보는 압도적인 기운에 경악하고 있었다.

영웅은 자신의 순수한 힘을 흩날리고 담담하게 말을 걸며 천천히 장손천기에게 걸어갔다.

"그래도 의외였어. 천뢰신검을 포기하고 나올 줄은 예상 못 했는데 말이지. 좋아, 너에겐 기회를 주지."

점점 거세지는 기운에 장손천기는 제대로 숨도 못 쉬고 서 있지도 못한 채 힘겹게 버티고 있었다.

얼굴 전체에 핏줄이 솟아오른 장손천기가 있는 힘을 다해 간신히 입을 열어 물었다.

"크윽! 무, 무슨 기, 기회를…… 마, 말씀하시는 거…… 것입니까?"

장손천기의 입에서 자신도 모르게 존대가 튀어나왔다.

영웅이 한쪽 입가를 올리며 말했다.

"나에게 굴복해. 그러면 너희 가문은 살려 주지."

장손천기의 동공이 세차게 흔들렸다.

지금 영웅이 내보이는 기운을 보았을 때, 그를 이길 자는 세상에 없을 것 같았다.

흔들리는 동공을 본 영웅은 피식 웃으며 쐐기를 박았다.

"지금 네가 느끼는 힘이 내 전부라고 생각하면 곤란해. 아주 조금 맛만 보여 주는 거야."

영웅의 말에 장손천기는 침을 꿀꺽 삼키며 생각했다.

'세상이 속고 있었구나. 천무성에 진짜 괴물이 웅크리고 있었거늘.'

그리고 동굴 쪽을 바라보며 그 안에 있는 나머지 사람들을 생각했다.

'자신들이 괴물의 손아귀에서 놀아나고 있는지도 모르고……. 조상님이 우리 가문을 도왔구나.'

장손천기는 점점 고통스러워지는 몸을 억지로 일으킨 뒤에 영웅을 향했다.

그의 앞에 있는 이는 자신이 알고 있던 그 삼 공자가 아니었다. 세상을 삼킬, 아니 이미 세상 저 꼭대기에서 자신 같은 미물들을 하찮게 바라보는 신이었다.

신 앞에서 대항하는 것은 무의미했다.

그는 천천히 무릎을 꿇고 엎드렸다.

"시, 신! 장손천기! 삼 공자님께 추, 충성을 맹세합니다!"

그와 동시에 그를 짓누르던 기운이 사라졌다.

"헉헉헉!"

기운이 사라지자마자 거친 숨을 몰아쉬는 장손천기를 바

라보며 영웅은 나직하게 말했다.

"지켜보지."

그런 영웅을 두려운 눈빛으로 바라보는 장손천기였다.

'앞으로 중원무림의 역사는 이분의 손에 의해 흘러갈 것이다. 천무성의 또 다른 배신자들은 이제 후회할 일만 남았군.'

자조적인 표정으로 비동 안에 있는 천무성의 배신자들을 생각하는 장손천기였다.

장손천기는 잠시 숨을 고르고는 궁금한 점을 물었다.

"주군께선 어찌 저들이 신검과 비급을 가져가도록 두셨습니까? 한발 늦으신 것입니까?"

장손천기는 그것이 궁금했다.

저 안에 있는 신검과 비급은 진짜였으니까.

하지만 영웅의 입에서 나온 말은 장손천기를 경악하게 만들기에 충분했다.

"진짜는 이거지."

장손천기는 영웅의 손에서 스르릉 하고 꺼내지는 푸른빛의 검과 그 검 면에 적혀 있는 글씨를 보았다.

천뢰신검

"그, 그러면 저, 저 안에 있는 것은?"

"내가 만든 가짜. 뭐, 정말로 다룰 수 있다면 그 검도 뇌전을 뿌리니 나쁘진 않겠지만.”

입이 벌어졌다.

그 말은 신검에 가까운 검을 직접 만들었고, 또 그것을 아무렇지 않게 미끼로 던져 놓았다는 것이다.

“그, 그런 아까운…….”

아까운 짓이라고 말하려다가 불경한 말투라는 걸 느끼고는 재빨리 입을 닫았다.

“짓?”

하지만 새로운 주군은 눈치가 백 단이었다. 곧바로 자신의 뒷말을 알아채고 웃었다.

“아무런 능력도 없는 검을 놓아두면 너희가 반목하겠어? 진짜를 줘야 욕심에 서로가 의심하고 반목하고 경계하며 싸우지, 안 그래?”

영웅의 말에 장손천기는 침을 꿀꺽 삼켰다.

정말로 세상은 속고 있었다. 지금 자신의 눈앞에 있는 자는 절대로 무능공자가 아니었다.

눈앞의 보물을 포기하고 나온 것은 정말로 잘한 결정이었다고 수십 번도 넘게 생각하고 또 생각하는 장손천기였다.

───

오랜 시간 동안 대치하고 있는 비동에 한 사람이 모습을 드러냈다.

"허어, 천뢰신검이라니. 거기에 뇌황의 심득이 담긴 비급이라니."

"대장로님, 이제 아시겠습니까? 왜 저희가 이곳에서 이러고 있는지."

모습을 드러낸 이는 바로 천무성의 대장로였다.

그도 이곳에 있는 물건들을 보고 놀라움을 금치 못했다. 상상도 하지 않았던 엄청난 보물이 있었던 것이다.

"알 만하군, 쯧쯧. 다들 틀렸네. 저것은 천무성의 재산이네. 여기 있는 누구의 것도 아니야. 물론 백가 놈들의 물건도 아니지."

백가의 비동에 들어와서 한다는 소리가 저거였다.

백가의 비동에 있는 물건이 어찌 천무성의 재산이 된단 말인가.

그의 말은 곧 사람들의 반발을 일으켰다.

"무슨 소리요! 그럼 대장로께서 가져가시겠다는 것이오?"

종리세가주가 흥분하며 큰 소리로 말하자, 대장로가 귀를 후비며 말했다.

"아, 그 사람 참. 나 아직 귀 안 먹었네. 언제 내가 가져가겠다고 말했는가? 천무성의 소유라고 했지. 천무성이 내 것인가?"

대장로의 말에도 사람들은 표정을 풀지 않고 노려봤다.

"황금흑사심(黃金黑士心)이라더니 정말이군. 그럼 이렇게 하세."

대장로가 손뼉을 치며 무언가 제안하려 하자 다들 귀를 쫑긋 세우고 집중했다.

"다들 같은 걸 노리고 있으니, 이럴 것이 아니라 천무 대회에서 우승한 가문에 저것들을 주는 것이지. 어떤가? 어차피 계속 대치해 봐야 답이 안 나올 것이고, 여기서 평생 살 것도 아니지 않은가. 그렇다고 가문끼리 붙어 봐야 제 살 깎아 먹기고."

대장로의 말에 다들 서로를 바라보며 무언의 눈빛을 교환하기 시작했다.

잠시 후, 고요 속에서 무언가 합의를 했는지 그들은 고개를 끄덕이며 말했다.

"대장로의 말에 따르겠소."

"우리도 역시 대장로의 말에 따르겠소."

"좋은 의견이오. 그리하면 불만도 없겠지. 당당하게 우승해서 차지하는 것이니."

"허허, 좋네. 그럼 저 검은 회수해서 성으로 가져가세."

대장로의 말에 가주들이 앞다투어 나섰다.

욕심에 눈이 먼 가주들은 대장로를 믿지 못하고 있었다.

"다 같이 보는 앞에서 이동해야 하오!"

"옳소!"

그들의 눈은 오로지 검과 비급에만 가 있었다.

'쯧쯧! 주인이 아닌 자는 거부하는 검이니, 어차피 네놈들은 얻지 못하는 검이다. 그분이라면 모를까. 이런 놈들이 중원 삼대세력 중 하나라니. 나머지 두 세력도 이렇다면 중원 정복은 생각보다 쉽겠군.'

속으로는 그렇게 생각하고, 겉으로는 이들을 달래며 성으로 이동할 준비를 하는 대장로였다.

<hr />

어둠이 내린 방 안에 촛불 하나만이 일렁이며 침상에 누워 있는 한 노인을 비추고 있었다.

아무런 소리도 나지 않는 고요함이 계속되다가 침상에서 앓는 소리가 살짝 새어 나오기 시작했다.

벌떡–!

"헉헉헉!"

작게 앓는 소리를 내던 노인이 온몸에서 식은땀을 흘리며 벌떡 일어났다.

"크, 크윽! 가, 가슴에 토, 통증이!"

너무 갑자기 일어난 탓인지 심장에 무리가 간 모양.

노인은 가슴 쪽을 움켜쥐고 괴로워했다.

벌컥–!

방 안에서 소란이 일어난 것을 들었는지, 방문이 거칠게 열리며 하얀색 수염이 멋들어지게 난 노인이 놀란 얼굴로 들어왔다.

"주군!"

침상 위에 있는 노인에게 주군이라 말하며 달려가는 노인의 정체는 바로 천무성 의약당 당주인 허유였다.

그리고 방금 일어나 가슴을 부여잡고 고통스러워하는 사람은 천무성의 성주이자 삼제의 일인인 천검제 백무상이었다.

백무상은 자신을 부르며 들어오는 허유를 바라보았다.

"자, 자넨…… 허유? 이, 이곳은 어디…… 헉헉."

숨쉬기도 힘이 드는지 거친 숨을 연신 내쉬는 백무상이었다.

"주군! 아, 아직은 더 쉬셔야 합니다! 어, 어서 자리에 누우십시오!"

허유는 그리 말하며 허리에 달려 있던 침통을 꺼내 백무상의 몸 이곳저곳에 침을 놓기 시작했다.

침을 놓자 고통이 조금 가라앉았는지 숨소리가 편안해지는 백무상이었다.

잠시 후 들어온 탕약까지 마신 백무상은 어느 정도 안정이 되었는지 편안한 표정으로 허유를 바라보았다.

그리고 방 안을 두리번거리더니 물었다.

"이곳은…… 내 방이 아니군. 여기가 어딘가? 내가 왜 여기에 있는 것인가?"

백무상의 질문에 허유가 침통한 표정으로 바닥에 부복하며 말했다.

"주군, 주군께서는 죽다가 살아나셨습니다! 주군께서는…… 독에 중독되셨습니다!"

"그건 이미 알고 있는 사실일세. 이미 알고 있었어……."

자신이 독에 중독되었다는 걸 알고 있던 백무상이었다. 점점 약해지는 몸을 보며 누군가의 음모에 빠졌다는 사실을 깨달았다.

그래서 가장 걱정되는 백군명에게 가문의 보물을 주고 외가로 대피시켰다.

"내가…… 얼마나 정신을 잃고 있었나?"

"주군께서는 지금 근 1백 일 만에 정신을 차리신 것이옵니다."

허유의 말에 백무상이 화들짝 놀라며 다시 물었다.

"뭐? 1백 일이나 내가 정신을 잃고 누워 있었단 말인가?"

"그러하옵니다. 아직도 미량의 독이 남아 있는 상태입니다. 가슴 통증이 바로 그 증거입니다."

"허어, 깨어나자마자 느낀 그 극악한 고통이 독 때문이었구나. 지독한 독이야. 그런데 도대체 누구인가? 혹시 알아낸 것이 있는가?"

동공이 흔들리며 정신을 못 차리는 백무상이었다.

아무리 생각해 봐도 자신을 배신할 무리가 떠오르지 않았기 때문이다.

자신은 정말 공명정대하게 성을 운영했다 자부하는데, 그런 자신을 독살하려 한 이가 있다니.

"누구인가! 나를 배신하고 독살하려 한 놈이!"

분노에 찬 음성으로 묻자, 허유가 잠시 머뭇거리다가 대답했다.

"대장로와 공가, 장손가, 종리가, 추가, 모가 놈들입니다."

"뭐? 그, 그렇게 많이? 대, 대장로도 나, 나를 죽이려고 했다고?"

"그렇습니다. 대장로가 이 일의 주동자이며, 총지휘를 한 것으로 파악하고 있습니다."

허유의 입에서 나온 이야기는 정말로 믿을 수 없는 말뿐이었다.

자신이 중독되고 있을 때도 그들을 의심하지는 않았다.

그들이 누구인가?

천무성을 세운 일등 공신 집안들이다.

거기에 자신에게 누구보다 충성을 다하는 가문들이었다.

그래서 그들을 배제하고, 외부의 세력이 첩자를 침투시켜 자신에게 하독했다고 생각했다.

"대, 대장로가…… 무정이 그, 그놈이…… 나를 배신했다고? 어째서?"

"주군……."

천무성의 중심이 되는 인물들이 일제히 배신했으니 백날 첩자를 잡으려 노력해 봤자 헛수고였다.

그러는 동안 그는 점점 더 빠르게 중독되어 갔다.

한동안 중독을 피하려 먹는 것도 피했는데 독이 퍼지는 속도는 점점 빨라졌다.

내공으로 막다가 어느 순간 정신을 잃었다.

그리고 눈을 떠 보니 낯선 이곳에서 이렇게 충격적인 이야기를 듣고 있는 것이다.

충격이 큰지 잠시 멍하니 앉아 있는 백무상이었다.

쿨럭-!

각혈이었다. 너무도 큰 충격에 내상이 도진 것이다.

"주, 주군!"

허유는 아차 싶었다.

의원이라는 놈이 어쩌자고 안정을 취해야 할 이에게 안정과는 거리가 먼 이야기를 꺼냈는지, 후회가 막심했다.

자신도 모르게 백무상을 보자마자 그동안 맺힌 한을 털어 놓은 것이다.

"이, 이야기는 나중에 하시고 지금은 아, 안정을 취하셔야 합니다!"

허유는 품 안에 있는 목갑을 꺼내어 그 안에 있는 단약을 백무상의 입에 밀어 넣었다.

"크흑!"

단약이 빠르게 몸속으로 퍼지자 안정을 되찾아 가는 백무상이었다.

"주군, 소신이 잠시 정신이 나갔었나 봅니다. 의원이라는 놈이…… 주군의 몸에 해가 되는 이야기를 하다니."

심하게 자책하는 허유를 보며 백무상이 억지로 미소 지었다.

"그동안 얼마나 한이 되었으면 나를 보자마자 그랬겠나. 들어 보니 그럴 만했어. 나는 다 이해하네."

"주군……."

모두가 자신의 재능을 몰라봐 줄 때 유일하게 알아봐 준 이가 백무상이었다.

과거도, 지금도 언제나 자신을 이해해 주는 주군이었다.

허유가 다급하게 백무상을 다시 침상에 눕히려 하자, 백무상이 손을 저으며 그를 말렸다.

"나는 괜찮네. 내 몸은 내가 더 잘 알아. 이 정도는 괜찮아."

"주군."

"궁금해서 속이 터져 죽느니, 차라리 이렇게 시원하게 각혈 한 번 하는 게 더 낫네. 그러니 너무 신경 쓰지 말게."

다른 이도 아니고 의원에게 이런 말을 하고 있었다.

하지만 저리 말하는 이유를 잘 아는 허유는 그저 조용히 고개를 끄덕였다.

방금 신선속명단(神仙續命丹)을 먹였으니 큰 문제는 일어나지 않으리라 생각했다.

신선속명단은 그가 평생 연구해서 만든 일생의 역작이었다.

비록 소림의 대환단이나 화산의 자소단 같은 희대의 영약에 비해 약효가 부족하기는 하나, 한 알만 섭취해도 일반인은 무병장수할 수 있고 무림인들은 많은 내공을 얻을 수 있었다.

물론 이런 엄청난 영약을 만드는 데 들어가는 재료를 쉽게 구할 수 없기에 그저 발만 동동 구르고 있었는데, 최근 하늘의 도움이 닿았는지 재료를 구해서 만들 수 있었다.

"방금 먹은 단약 덕분인지 몸이 많이 편안해지고 있네. 고맙네, 귀한 것일 텐데……."

"주군, 소신에게 주군의 건강보다 중요하고 귀한 것은 없사옵니다!"

허유가 크게 읍을 하며 말하자 백무상이 고개를 저었다.

"고맙네. 이 일은 내 나중에 반드시 보답할 것일세. 공이라고 하면 공이고, 사적인 일이라고 하면 또 그런 것이니 뭐가 되었든 보상을 해야지."

"주군……."

백무상은 허유의 등을 잠시 토닥이다가 무언가 떠올랐는

지 진지한 표정으로 물었다.

"내 자식들은 어찌 되었는가? 첫째 군위는? 막내 군명이는? 군명이는 무사히 연가에 도착했나?"

백무상의 물음에 허유가 또 쉽사리 대답을 못 하고 머뭇거렸다.

그 모습에 심상치 않음을 깨달은 백무상이 언성을 높이며 말했다.

"말하게, 그 아이들은 어찌 되었나!"

백무상의 말에 허유가 마지못해 대답하기 시작했다.

"주, 주군. 마, 말씀드리기가 죄스럽습니다. 소, 소주께서는 현재 옆방에서 아직도 깨지 못한 채 누워 계십니다."

"뭐! 구, 군위 녀석도 나, 나처럼 중독된 건가?"

백무상의 말에 허유가 고개를 끄덕이며 떨리는 목소리로 말했다.

"그, 그러하옵니다. 소, 소주께선 내공이 약하시어 더 위험한 상태였습니다."

"그, 그런…… 그, 그래서 사, 살아날 수는 있는 것인가?"

"그러하옵니다. 다행히 차도를 보이고 있어 소주께서도 며칠 내로 정신을 차리실 것입니다."

처음으로 듣는 희망의 말에 백무상이 안도의 한숨을 쉬며 그에게 감사 인사를 했다.

"하아…… 다행이군, 정말 다행이야. 고맙네, 고마워!"

"아닙니다, 주군! 소신은 본분을 다했을 뿐이옵니다!"

허유는 포권을 하며 고개를 조아렸다.

"하면 막내는 연가에 무사히 도착한 것인가?"

"사, 삼 공자께선…… 여, 연가에 무사히 도착하셨으나……."

"하셨으나?"

"다, 다시 천무성으로 돌아가셨다고 합니다."

벌떡—!

"뭐? 아, 아니! 내 분명 다시 부르기 전까진 절대로 천무성 근처에 얼씬도 하지 말라고 명하였거늘! 어찌 아비의 명을 거스르고 다시 돌아갔단 말인가! 장인께도 그리 신신당부하고 부탁을 드렸거늘…… 어찌!"

평소였으면 엄청난 내공에 이곳이 흔들리고 허유는 귀를 막아야 했을 것이다.

하지만 그의 몸 안에는 내공이 한 줌도 남아 있지 않았다.

그저 병든 노인이 기운을 짜내어 소리를 치는 모양새였다.

그 모습이 허유를 더욱더 슬프게 만들었다.

허유는 일단 백무상의 질문에 답해 주었다.

"삼 공자께서는 혼자서 저들의 음모를 막으려고 동분서주하고 계신 것으로 파악됩니다."

"뭐? 마, 막내는 그럴 능력이 없다."

"맞습니다. 하지만 힘닿는 데까지 노력하고 계신 것으로 보입니다. 휴…… 그리고 천무성의 성주를 선출하기 위해 대회를 연다고 합니다."

"뭐라? 이 빌어먹을 놈들이 감히! 내가 이렇게 멀쩡히 살아 있는데!"

"거기에 삼 공자께서 참여하신다고 합니다."

"마, 막내가…… 뭐를 한다고?"

"성주를 뽑는 비무 대회에 참여하셨습니다."

"그, 그 아이는 무공을 몰라. 무공에는 재능이 없는 놈이다. 마, 말려야 한다, 그 아이를 말려야 해!"

백무상의 말에 허유는 슬픈 눈으로 고개를 저었다.

"이미 늦었습니다. 며칠 뒤면 대회가 시작됩니다."

털썩.

"아, 안 된다. 바, 방법이 없겠는가?"

"일단 사람을 보내 말려는 보겠습니다. 하지만 대장로와 그 일당이 삼 공자를 무사히 성 밖으로 보내 줄지 모르겠습니다."

허유의 말에 백무상이 눈물을 흘렸다.

"크흑! 내, 내 잘못이다. 내 잘못이야. 나의 오만함이 일을 이 지경까지 오게 했구나."

백무상의 오열에 허유는 그저 옆에서 조용히 눈물지을 뿐이었다.

공씨세가의 가주실에 장손세가를 제외한 오성가 사람들이 모였다. 대회가 며칠 남지 않았기에 최종적으로 의견을 나누기 위해 모인 것이다.

　"천기, 그 친구는 오지 않았나?"

　"아무래도 단단히 토라졌나 보더군. 듣자 하니 천가는 아예 출전 자체를 포기했다더군."

　"뭐, 대회까지 포기했다고?"

　"그렇다네. 돌아오자마자 대회는 포기하고 후에 성주로 선출된 자의 명에 충실히 따르겠다고 했다더군."

　"허어…… 그때 우리가 좀 심했지."

　"친우라 생각했는데 그런 살기를 정면으로 받았으니…… 나였더라도 그랬을지 모르겠군."

　비급을 펼치려 할 때, 네 가문이 일제히 살기를 내보인 것 때문에 그가 마음이 상했다고 착각하고 있었다.

　실상은 영웅을 주군으로 모시기로 했기에 여기에 참석할 필요가 없을 뿐이었다.

　아무튼 그 사실을 알 리 없는 이들은 무거운 분위기에서 대화를 나눴다.

　"그러게 말이야. 그냥 좋게 말로 해도 됐을 것인데, 우리가 그땐 너무했어. 나중에 다 같이 찾아가서 달래 주자고."

"그러세. 천기 그 친구 덕을 많이 봤는데, 이렇게 내버릴 수는 없지. 일단은 눈앞으로 온 대회부터 무사히 치르고, 후에 찾아가서 마음을 달래 줌세."

그들은 장손천기에 대한 이야기를 뒤로 미루고 본격적인 이야기를 시작했다.

"여기 모이라고 한 이유는 삼신가 놈들 때문일세."

"왜, 그놈들이 뭔가 준비하고 있는 것인가?"

"흥! 대회를 방해하기 위해 무언가를 꾸미고 있겠지."

다른 이들의 말에 종리세가주가 고개를 저으며 말했다.

"아닐세. 음모가 아니고 이상한 행동을 하고 있다네."

"이상한 행동?"

종리세가주의 말에 다들 고개를 갸웃거렸다.

아무리 생각해도 그게 무엇일지 떠오르지 않은 것이다.

"말해 보게, 이상한 행동이라니? 단체로 미쳐서 날뛰기라도 한다는 건가?"

"아니면 성을 나가겠다고 시위라도 하는 것인가?"

종리세가주가 고개를 저으며 말했다.

"그게 아니고…… 삼 공자를 중심으로 뭉치고 있네."

종리세가주의 말에 다들 잠시 말없이 자신의 귀를 후벼 팠다. 그러고는 믿을 수 없다는 표정으로 종리세가주에게 되물었다.

"뭐? 누구를 중심으로 모인다고?"

"내가 잘못 들었나? 삼 공자라고 얼핏 들은 것 같기도 한데."

"어? 나, 나도 그렇게 들리긴 했는데……."

다들 현실을 부정하고 있었다.

그런 그들을 현실로 끌어내리는 종리세가주였다.

"삼 공자! 무능공자 백군명! 그를 중심으로 모이고 있다고!"

쾅-!

공씨세가주가 자기 집무실 책상을 손바닥으로 내려치며 소리쳤다.

"자네 지금 이 밤에 우리를 모아서 한다는 소리가 고작 그딴 저질스러운 농인가?"

공씨세가주의 말에 나머지 두 가문의 가주 역시 고개를 끄덕이며 종리세가주를 노려보았다.

그들의 눈빛에 종리세가주가 한숨을 쉬면서 말했다.

"나도 처음엔 자네들같이 믿지 않았어. 하지만 명백한 사실이야. 그들이 무엇을 꾸미는지 그것을 알아야 해."

"흥, 꾸며 봤자지. 참 나, 삼 공자라니."

"삼 공자를 상대로 이렇게 모인 것조차 수치네."

"맞네. 삼신가 놈들도 미쳤군. 차라리 천무성 마당에 돌아다니는 개를 모시는 것이 더 영양가 있겠네."

다들 종리세가주의 말에 전혀 귀를 기울이지 않고 있었다.

"자네는 그게 탈이야. 돌다리도 두들겨 건너는 성격인 것은 잘 알고 있지만, 이건 해도 너무하는군."

"내 말이 그것일세. 내 아들에게 말해 두겠네. 삼 공자를 비무에서 만나면 사지를 박살 내 버리라고."

"나도 그리 말하겠네. 아주 기어서 내려가게 해 주라고."

"하하하하, 그거 재밌겠군. 나 역시 그렇게 전해 두겠네."

그들의 말에 종리세가주가 고개를 저었다.

"이 사람들아, 삼신가 놈들이 보통 영악한 놈들인가. 분명히 무언가를 꾸미고 있네. 대회 날까지 잘 지켜봐야 하네."

"자네 미쳤는가? 아니, 경계할 것이 없어서 삼 공자를 경계한다고?"

"왜, 그들이 고수를 초빙하고 삼 공자로 위장시켜 출전시킬까 봐?"

"하하하하! 그거 말 되는구먼!"

"만약 그런 일이 일어난다면 내가 직접 삼신가 놈들과 삼 공자의 사지를 찢어 놓을 것이야."

모씨세가주의 말에 공씨세가주가 자리에서 벌떡 일어나며 말했다.

"흥, 기다릴 것이 뭐가 있는가! 지금이라도 가서 잘게 다져 놓으면 되는 일이야!"

공씨세가주의 말에 다들 놀란 표정으로 그를 바라보았다.

"자네 지금 제정신으로 하는 소린가?"

"맞네. 아무리 우리가 막 나간다고 해도 명분이라는 것이 필요하네."

"성내 사람들의 민심을 잃는다면 성주가 된들 무슨 소용이란 말인가."

다들 말리는데 종리세가주가 동조하고 나섰다.

"아니야, 나는 동의하네. 지금이라도 미리 쳐 내는 것이 정답일 수도 있어."

"크크크, 내 말이 그 말이야. 이렇게 불안하고 숨어서 걱정하느니 직접 가서 담판을 짓는 것이 나은 거 아닌가."

그러고는 문밖으로 천천히 걸어 나가며 말했다.

"그리 걱정되면 여기 숨어 있게나. 내가 처리하고 오지."

"나도 같이 가세. 최대한 속전속결로 끝내고 와야겠어."

공씨세가주와 종리세가주가 나서자 모씨세가주가 자신의 의견을 이야기했다.

"쯧쯧, 하나만 알고 둘은 모르는 것인가? 자네들이 지금 가서 삼 공자를 치면 오히려 역효과일세."

모씨세가주의 말에 종리세가주와 공씨세가주가 고개를 돌리며 물었다.

"그게 무슨 뜻인가?"

"여기서 우리가 삼 공자를 해치면 성주 쪽 사람들을 단결시키는 결과만 만들 뿐이다. 오히려 대회에서 만인에게 삼 공자의 무능함을 보여 주는 게 저들에게 절망과 좌절을 주지 않겠나?”

그 말에 종리세가주와 공씨세가주가 잠시 고민하더니 이내 고개를 끄덕였다.

“자네 말이 일리가 있군.”

“또한! 우리가 저들을 두려워한 나머지 먼저 손을 썼다는 인상을 줄 수도 있네. 자네들은 정녕 그런 취급을 받고 싶은 것인가?”

“미쳤는가!”

“자네 말을 들으니 이건 얻는 것보다 잃는 것이 더 많군.”

모씨세가주의 말에 둘은 나가려던 몸을 돌려 다시 의자에 앉았다. 그 모습에 모씨세가주가 미소를 지으며 말했다.

“너무 걱정하지 마시게. 우리 아이들이 알아서 삼 공자에게 굴욕을 주고, 세상에 백가의 종말을 고해 줄 테니. 자네들은 마음 편히 지켜만 보시게.”

“하하하! 맞네, 자네가 아니었으면 정말 큰 실수를 할 뻔했군. 고맙네.”

시간이 흘러 드디어 천무 대회가 개최되었다. 천무성에는 대회를 구경하기 위해 수많은 사람이 구름처럼 몰려들었다.

다른 것도 아닌 천무성의 성주를 뽑는 대회였다. 궁금하지 않다면 그것이 오히려 이상할 것이다.

어떤 이는 차기 천무성주가 누구일지에 대한 궁금함에, 또 어떤 이는 미래의 경쟁자를 보기 위해 천무성으로 발걸음을 옮겼다.

게다가 일반 무사도 참여할 수 있다는 점이 사람들의 관심을 끌었다.

만약 일반 무사가 우승까지 한다면, 정말 무림사에 한 획을 긋는 일이었다.

아니, 오히려 일반 무사 쪽에서 우승자가 나오길 바라는 사람들이 많았다. 오랫동안 정체되어 있던 무림에 새로운 바람이 등장하길 바라는 것이다.

이래저래 천무 대회는 사람들의 관심을 끌 수밖에 없는 요소를 모두 지니고 있었다.

하지만 대회는 공정하지 못했다.

일반 무사들은 소위 예선 대진이라 불리는 대진을 치러야 했다. 일반 무사 중에서 단 3명만이 8강에 오를 수 있었다.

본선인 8강 대진표에 이미 오성가의 사람들과 삼 공자 영웅이 이름을 올린 상태였고, 나머지 세 자리를 차지하기 위한 들러리에 가까웠다.

사람들이 이 대진표가 불합리하다고 말하자, 천무성에서는 이것만큼 합리적인 대진표가 어디 있냐고 오히려 화를 냈다.

일반 무사들을 참석시킨 것부터가 이미 합리적이라는 것

이다.

원래대로라면 그냥 가문들끼리 모여서 선출하면 그만인데, 일반 무사들에게도 기회를 준 것이란 논리였다.

놀랍게도 이 말은 사람들에게 먹혔다.

사람들의 불만은 순식간에 사그라들었다.

일반 무사들 역시 불만을 토로하지 못했다.

언감생심 자신들이 꿈도 꾸지 못한 기회를 준 건 사실이었으니까.

크고 작은 소란이 지나가고 드디어 일반 무사들의 경기가 시작되었다.

초반에는 크게 두각을 드러내는 무사가 없어서 사람들의 반응이 별로였다.

"에잉, 정말로 천무성에서 큰 인심을 쓴 것이었구먼. 저런 실력도 대회에 참가하게 해 준 것을 보니."

"에잉, 차라리 그냥 천무성을 이루는 가문들끼리 대회를 하는 것이 나을 뻔했어. 눈만 버리네."

"그래도 지켜 보세. 혹시 아는가, 엄청난 잠룡이 등장할지."

저질스러운 장면들이 이어졌지만 그래도 사람들은 새로운 강자의 탄생을 기대하며 대회를 지켜보았다.

그리고 그들은 보았다.

새로운 강자의 탄생을 말이다.

그의 정체는 척살단 추적조이자 현재 영웅의 수하로 있는 대호였다.

원래 대호는 이 대회에 참석할 생각이 조금도 없었다.

그런데 영웅이 그동안 열심히 수련한 성과를 대회에 나가서 보이라고 명했다.

영웅의 명에 대호는 자신이 가진 모든 걸 아낌없이 발휘했다.

첫 경기에서 단 한 수로 상대방을 제압했고, 그 이후로도 오 초를 넘기지 않고 상대를 제압하며 위로 올라갔다.

그리고 마지막에 천무성의 무력단 중 하나인 비천단의 단주를 10초 만에 제압하고, 예선 대진에서 우승했다.

모든 사람이 대호를 주목했다.

그가 사용하는 무공과 신분, 나이 모든 것을 궁금해했다.

그리고 대호에게 주목하는 것은 오성가 역시 마찬가지였다.

그때 본선 대진표가 공개되었다.

이제 사람들의 관심은 대호에서 소문의 삼 공자에게 쏠렸다.

무능공자.

무림에서 그의 별호는 유명했다.

무공에 대한 재능이 극악에 가까워 남들이었다면 초절정까지 올라갈 수 있는 영약과 무공, 그리고 스승을 제공받았음에도 간신히 일류 언저리에 올라간 인간.

무인에도 급이 있었다.

최하가 이류였고, 그다음이 일류.

그 위로는 초일류, 절정, 초절정, 화경, 현경, 신화경이 있었다.

그런데 무능공자는 일류가 끝이었다.

이류는 무인으로 쳐주지도 않으니, 사실상 제일 끝에 있는 셈이었다.

그런 그가 비무 대회에 참여한다고 했을 때, 사람들은 모두 귀를 의심했다. 그가 상대할 사람들은 최하가 초절정에 재능 또한 뛰어난 천무성의 수재들이었으니까.

삼 공자는 솔직히 말해 천무성에서 가장 하위 계급인 수문위사도 겨우 이길까 말까 한 실력이었다.

그래서 다들 삼 공자가 이길 것이라고는 생각하지 않았다.

그들이 기대하는 것은 단 하나였다. 그가 얼마나 비참하게 당할 것인지, 그것만이 궁금할 뿐이다.

천무성에 남아 있는 유일한 백가의 핏줄.

그가 당하면 이제 백가는 몰락하는 것이었다.

이런 상황을 아는지 모르는지 천무성의 삼 공자 백군명,

즉 영웅은 한가로이 차를 마시며 노래를 흥얼거리고 있었다.

"쯧쯧, 얼마나 모자라면 상황 파악도 못 하고 저리 웃고 있는가."

"오죽하면 무능공자라고 하겠는가."

"잠시 후에 눈물, 콧물 빼며 살려 달라고 싹싹 빌고 있겠군. 상대가 누구랬지?"

"모씨세가의 모강천이라고 하더군."

"대천검(大天劍) 모강천! 허어! 그는 강호 백대고수 아닌가."

"그렇지. 경기는 해 보나 마나일세."

사람들은 한가로운 영웅의 모습에 너도나도 혀를 차며 고개를 저었다.

상대도 너무 나빴다.

그때 집행관이 무대 위로 올라가 외쳤다.

"이제 본선 비무를 시작하겠소!"

"우와와와!"

집행관의 말에 사람들의 환호성이 사방에 울려 퍼졌다.

"첫 번째 경기는 모씨세가의 모강천과 백씨세가의 백군명!"

집행관의 호명에 모강천이 비무대 위로 몸을 날렸다.

휘리리릭-!

사뿐히 무대로 올라선 모강천은 아직 올라오지 않은 영웅을 바라보며 비웃었다.

그의 얼굴에는 긴장감이라고는 조금도 느껴지지 않았다.

오히려 놀러 나온 표정으로 영웅이 있는 곳을 바라보았다.

영웅은 그 모습에 피식 웃으며 찻잔을 내려놓고는 천천히 걸어서 올라갔다.

그 모습이 화려하게 등장한 모강천과 비교되었다.

사람들은 그런 영웅의 모습에 야유를 보냈다.

"우우우우우!"

"경공도 할 줄 모르냐!"

"저런 놈이 본선 진출이라니! 우우우우!"

사방에서 야유가 퍼부어졌다.

영웅은 그러거나 말거나 아주 천천히 비무대 위로 올라갔다.

"휘유! 뭔 놈의 비무대를 이렇게 높게 지은 거야. 올라오기 힘들게."

영웅이 땀을 닦는 시늉을 하며 말하자 앞에 있던 모강천이 말했다.

"크크. 지금이라도 항복하고 무릎 꿇으면 건들지 않고 몸 성히 내려보내 주지. 나는 아량이 넓다."

"정말로?"

영웅이 환한 표정을 지으며 말하자 모강천이 고개를 끄덕였다.

저 바보 덕에 손쉽게 다음으로 진출하겠다는 생각과 함께 말이다.

그런데 뜻밖의 말이 영웅의 입에서 나왔다.

"좋아, 오는 게 있으면 가는 것이 있어야겠지? 나도 마찬가지다. 지금이라도 성주 자리를 넘봐서 죄송하다고 머리를 박고 싹싹 빌면 무사히 돌려보내 주지."

영웅의 말에 모강천의 표정이 돌변했다. 그리고 나직하게 으르렁거리며 말했다.

"방금 너는 나의 마지막 배려를 발로 차 버렸다. 이제 몸 성히 내려갈 생각 하지 말아라."

모강천의 말에 영웅이 그럴 줄 알았다는 표정으로 씩 웃으며 답했다.

"그건 나 역시 마찬가지야."

슈팍-!

"헉!"

영웅은 말이 끝남과 동시에 모강천의 앞으로 고속 이동을 했다.

순간적으로 움직임을 놓친 모강천의 두 눈이 커질 대로 커졌다.

"마, 말도 안……!"

퍼억-!

"꺼헉!"

믿을 수 없는 눈을 하던 모강천의 복부에 영웅의 주먹이 깔끔하게 꽂혔다.

"너는 참 운이 없네. 어쩌겠어, 복을 차 버린 자신을 원망해야지."

쩌억-!

고통스러워하는 모강천의 귀에 작게 속삭인 영웅은 그의 뺨을 강하게 후려쳤다.

쾅당탕- 탕-!

빙글빙글 회전하며 비무대 바닥에 튕겨 나가는 모강천이었다.

벌떡-!

재빨리 몸을 뒤틀어 일어선 모강천.

하지만 그의 얼굴 한쪽은 새빨갛게 변해 있었고, 입가에서는 핏물이 줄줄 흘렀다.

자신이 어떻게 당했는지 아직도 알지 못한 모강천은 잠시 멍한 표정으로 있다가, 이내 이를 악물고 자신의 눈앞에 있는 영웅을 죽이겠다는 일념으로 검을 뽑아서 날렸다.

"천참마광(天斬魔狂)!"

검이 고속으로 날아갔다.

후우웅-!

순식간에 날아간 검은 정확히 영웅의 가슴팍으로 향했다.

그 모습에 회심의 미소를 지은 모강천이 말했다.

"병신이 잠시 방심해 당해 주었다고 주제도 모르고 까부는 구나! 그대로 꿰뚫려서 뒈져라!"

웅웅웅-!

그런데 검이 꽂히지 않았다. 검이 더는 전진하지 못하고 멈춘 채 공명하고 있었다.

모강천은 그제야 이상함을 감지하고 자세히 보았다.

그의 눈에 들어온 것은 영웅의 손가락 사이에 꽂힌 검이었다. 자신의 검기를 잔뜩 머금은 검을 손가락으로 가볍게 잡고 있었다.

"검, 검기를 머금은 그것을 겨, 겨우 소, 손가락으로 잡았다고?"

모강천이 경악하자 영웅이 고개를 끄덕이고는 자신의 손에 잡혀 있는 검을 보았다.

"이건 다시 돌려주지."

팅-! 깡-!

슈아아앙-!

영웅이 튕겨 낸, 손가락으로 부러뜨린 검날이 검이 출수될 때보다 더 빠른 속도로 되돌아갔다.

갑작스러운 전개에 당황한 모강천이 다급하게 몸을 비틀었다.

"크윽! 비룡재천!"

모강천의 몸이 빙글빙글 돌면서 날아오는 검 조각을 간신히 피했다. 재빨리 경공을 펼쳐 간신히 피했기에 망정이지, 하마터면 자신의 검에 몸이 꿰뚫릴 뻔했다.

검을 피하고 바닥에 착지한 뒤, 영웅이 있는 곳을 다시 바라보려 할 때였다.

뿌각-!

"커헉!"

콰당탕-!

멋지게 피하고 고개를 돌리던 그때 영웅의 발 차기가 모강천의 안면으로 날아갔고, 그 한 방이 끝이었다.

모강천은 더는 일어나지 못했다.

탁탁-!

손을 털면서 뒷짐을 지는 영웅이었다.

그 모습에 장내는 고요했다.

사람들이 생각한 광경이 아니었기 때문이다.

저 비무대에서 당당하게 서 있는 사람은 모강천이어야 했다.

그러나 상황은 정반대였다. 다들 가장 재미없고 금방 끝나리라 생각한 대전이 상상을 초월한 결과를 낸 것이다.

오히려 반응은 관중이 아닌 다른 곳에서 나왔다.

"네 이놈! 무슨 더러운 술수를 쓴 것이냐!"

후웅-!

모씨세가주가 흥분하여 비무장으로 난입한 것.

그의 몸에선 엄청난 기세가 흘러나왔고, 그 기세로 인해 그의 옷이 강풍에 휘날리듯이 펄럭이고 있었다.

"네 이놈! 당장 말해라! 내 아들에게 무슨 더러운 짓을 한 것이냐!"

"이, 이러시면 안 됩니다. 외인은 경기장에 함부로 들어오실 수 없습니다!"

흥분한 모씨세가주를 말리기 위해 집행관이 나섰지만, 모씨세가주는 그를 날려 버렸다.

"저리 비켜!"

퍼억-!

"커헉!"

쿠당탕탕-!

비무대에서 떨어진 집행관이 그대로 기절했다.

하지만 모씨세가주는 여전히 영웅만 노려볼 뿐이었다.

"말해라, 사지를 찢어 죽이기 전에!"

그 말에 영웅이 귀를 후비며 말했다.

"아, 시끄러워 죽겠네. 배신자 새끼들이 진짜 목청만 커가지고. 왜, 무능한 새끼한테 네 새끼가 당하니까 믿기지 않냐?"

영웅이 비아냥거리며 말하자, 얼굴이 시뻘겋게 변한 모씨세가주가 자신의 검을 꺼냈다.

챙-!

"네놈의 목을 내가 직접 베어 아들의 원통함을 풀어 주겠다."

"누가 들으면 내가 네 새끼 죽인 줄 알겠다."

"닥쳐라! 대천팔룡(大天八龍)!"

모씨세가주가 더 이상 참지 못하고 자신의 절기를 영웅에게 펼쳤다. 원래였다면 절기까지 펼치지는 않았을 것이다.

아니, 검을 꺼내지도 않았을 터다. 손 한 번 휘두르면 파리 잡듯이 잡을 수 있는 목숨이었으니까.

그럼에도 그가 검을 꺼내 자신의 절기를 펼친 것은 영웅에게 무언가를 느꼈기 때문이다.

두려움.

천무성의 오성가 가주가 무능공자라 불리는 자에게 공포를 느낀 것이다.

그렇기에 최선을 다해야 한다는 마음이 저절로 생겨났고, 그에 몸이 반응했다.

"허어! 삼 공자에게 자신의 절기까지 쓴단 말인가? 정말로 당황했나 보군."

"저거 말려야 하는 것이 아닌가."

다른 세가주들은 그저 방관하며 모씨세가주의 행동을 바라보고 있었다. 말은 저렇게 하지만 모씨세가주가 삼 공자를 죽여 주기를 바라는 표정들이었다.

그 옆에 있는 대장로 역시 당황한 표정으로 비무대를 바라보고 있었다.

하지만 그가 당황한 이유는 다른 것이었다.

'삼 공자가 저리 강하다고? 아니, 어째서? 설마 다른 이가 변장을 하고? 아니다. 그런 미친 짓을 했을 리가 없다.'

이해가 되지 않았다.

누군가가 삼 공자로 변장하지 않고서야 사람이 갑자기 저리 강해진다는 것은 말도 안 되는 이야기였다.

대장로는 실눈을 뜨고는 유심히 바라보았다.

'역시 아니다. 저 정도의 고수가 굳이 천무성 전체를 적으로 돌릴 위험을 무릅쓰고 삼 공자를 연기할 이유가 없다. 그렇다면 정말이란 말인가? 정말로 지, 지금까지 자신을 숨겨 온 것인가?'

그래야 말이 되었다.

그동안 자신을 숨기기 위해 무능한 사람처럼 행동했다고 생각하는 것이 더 설득력이 있었다.

'그것이 사실이라면 독하구나. 그 긴 세월 동안 모욕을 견디며, 이날을 기다린 것인가? 우리가 모두 삼 공자에게 속고 있었군.'

하지만 대장로 역시 모씨세가주를 말리지 않았다. 정말 삼 공자가 맞는다면 그의 진정한 모습을 봐야 하니까.

그가 삼 공자를 죽여 준다면 더할 나위 없었고.

다른 세가주들과 똑같은 생각을 하는 그였다.

한편 비무대 위에선 모씨세가주의 공격이 영웅에게 끊임 없이 펼쳐지고 있었다.

"천참만변! 백척심강! 만환천검!"

흥흥흥-! 콰콰쾅-!

거대한 비무대 여기저기가 박살이 났다.

하지만 정작 맞혀야 할 대상은 한 대도 못 맞히고 있었다.

"쥐새끼 같은 놈이!"

후웅-!

까아아앙-!

"크흑!"

갑자기 손끝에서 느껴지는 묵직한 느낌과 함께, 하마터면 검을 놓칠 뻔한 모씨세가주였다.

그의 검은 무언가에 충격을 받았는지 끊임없이 울리고 있었다.

웅웅웅웅-!

"크윽! 마, 말도 안 되는! 무슨 사술을 쓴 것이냐!"

모씨세가주가 영웅의 행동에 경악하며 말했다.

영웅이 검을 손가락으로 가볍게 튕겨 낸 것이다.

다른 이의 검도 아닌 자신의 검을 말이다.

"크윽! 이, 이럴 수가! 거, 검강을 씌운 검을 다, 단지 손가 락만으로 튕겨 낸다고? 그런 건 삼제나 가능한 일이다!"

모씨세가주의 외침에 그곳에 있는 모든 이가 경악했다.

"맙소사! 검강을 손가락으로 튕겨 냈다고? 그게 가능해?"

"보통은 손가락이 잘려 나가지. 아무리 단단한 바위도 두부처럼 자를 수 있는 것이 검강 아닌가! 모든 무인이 원하는 경지!"

"누가 천무성의 삼 공자를 무능공자라고 부른 거야? 저게 무능한 거면 나는 자살해야겠네."

"내 말이 그 말일세!"

일반 관중석에서도 귀빈석에서도 웅성거림이 연신 흘러나왔다. 그만큼 이곳에 있는 모든 사람이 충격을 받은 것이다.

지금 이 상황은 오성가의 가주들과 대장로가 원하던 상황이 아니었다. 오성가의 자식들이 아닌 천무성주의 막내이자 백가의 핏줄이 사람들의 관심을 한 몸에 받고 있었다.

대장로는 입술을 깨물었다.

그동안 술술 풀리던 계획에 커다란 차질이 생긴 것이다.

'크윽! 다 된 밥에 재를 뿌리다니…… 뭔가 방법이 없을까?'

동공을 이리저리 흔들며 고민하던 대장로가 무언가가 떠올랐는지 표정을 굳혔다.

그리고 오성가 사람들에게 전음을 날렸다.

─진짜든 가짜든 사실을 확인해야 하니 일단 삼 공자를 제압합시다.

─사람들이 보고 있습니다. 지금 삼 공자를 우리가 친다면 오

히려 역풍이 불 것입니다.

-수상하다고 말하고 공평성을 위해 삼 공자 본인이 맞는지 확인하는 절차를 가지겠다고 말하면 되오. 분명 삼 공자는 진짜든 아니든 반항할 것이고, 그때 어쩔 수 없이 제압하는 식으로 가면 되오.

-역시 대장로님! 알겠습니다. 지금 당장 하지요.

이들의 대화에 영웅은 미소를 지었다.

그들의 대화가 아주 생생하게 들리고 있었다.

지구상의 모든 소리를 들을 수 있는 만물의 귀를 가진 영웅이다. 그런 영웅이 공명을 통해 상대방에게 말을 전하는 전음을 듣는 것은 너무도 자연스러운 일이었다.

영웅은 어찌할까 고민했다.

"모씨세가주는 공격을 멈추시오!"

고민하는 사이 천무성의 대장로를 비롯해 오성가의 공씨, 종리, 추씨세가주가 모두 연무장으로 날아왔다.

대장로가 삼 공자, 즉 영웅에게 포권을 하며 입을 열었다.

"삼 공자, 그대의 출중한 무위는 잘 보았소이다."

대장로의 말에 영웅은 대답하지 않고 그저 미소 지으며 고개를 끄덕였다.

그 모습에 기분이 상했지만 대장로는 티 내지 않고 웃는 낯으로 이야기를 계속했다.

"허허, 제가 이리 비무대 위로 올라온 것은 모씨세가주를 말리기 위함도 있지만, 사람들의 의구심을 해결하기 위함도 있습니다. 삼 공자께서는 협조해 주시겠습니까?"

"의구심?"

영웅이 고개를 갸웃거리며 말하자 대장로가 관중석을 향해 외쳤다.

"여러분, 우리 삼 공자께서 지니신 별호가 무엇입니까! 바로 무능공자입니다! 그런 별호를 가지셨던 분이 하루아침에 이렇게 강해져서 나타났습니다! 물론, 강해진 것을 탓하는 것은 아닙니다. 다만, 확실하게 하기 위하여 본인이 맞는지 검증하는 과정을 가졌으면 합니다. 부디 너그러이 양해 바랍니다!"

대장로의 외침에 관중석에서도 고개를 끄덕이며 대답했다.

"옳소! 확실하게 하고 넘어가야 뒷말이 없는 법이지!"

"맞소! 우리도 살짝 의심이 가는 바요!"

대장로의 말에 사람들이 일제히 동조하고 나섰다.

물론 반대하는 이도 있었지만, 동조하는 이들이 워낙에 많았기에 반대의 소리는 묻혔다.

대장로는 회심의 미소를 지으며 주변을 둘러보았다. 그러다가 가장 눈엣가시인 삼신가 쪽을 바라보았다.

그들이 반대하며 난입할 수도 있었기 때문이다.

하지만 의외로 삼신가 사람들은 차분하게 앉아 있었다.

'크크크, 네놈들도 삼 공자가 수상하다는 것을 눈치챘구나.'

대장로는 이제 자신의 눈앞에 있는 삼 공자를 조용히 데려가 병신을 만들든 죽이든 할 수 있었다.

나중에 사람들에겐 적당히 둘러대면 그만이었으니까.

"삼 공자, 저희를 따라오시지요. 일단 조사를 먼저 하고 대회를 진행하겠습니다."

"싫은데?"

예상대로 반발하는 삼 공자였다. 그 모습에 더욱더 진한 미소를 지으며 말했다.

"허허! 거부하면 삼 공자만 불리해집니다. 그저 간단하게 우리가 아는 삼 공자가 맞는지 조사만 할 것입니다. 그러니 따르시지요."

"나 기억 잃었어. 그래서 아무것도 몰라. 이제 됐지?"

뜬금없는 영웅의 말에 대장로가 멍한 표정을 지었다.

하지만 곧 좋은 생각이 났는지 살짝 미소 짓다가, 이내 표정을 굳히며 말했다.

"지금 나랑 장난하는 것인가? 기억을 잃었다니! 그대가 가짜라고 지금 세상에 고하는 것인가?"

대장로는 노한 목소리로 그곳에 있는 모든 이가 들을 수 있게 크게 외쳤다.

물론 속으로는 환호성을 지르면서 말이다.

'크하하하, 이렇게 알아서 자폭을 해 주다니! 크크크크!'

"뭔 개소리야? 기억을 잃은 게 왜 가짜가 되는 건데? 기연을 얻는 과정에서 머리에 충격을 받았는지 하나도 기억이 안 나."

"크하하하! 그걸 지금 변명이라고 하는 것인가?"

"변명 아닌데?"

"그대는 우리를 속인 죄를 인정하는 것인가?"

"아니, 귓구멍이 막혔냐? 아님, 이해력이 달리나? 나이가 먹어서 그런가? 그런 대가리로 용케 대장로까지 올라갔네?"

"뭐라?"

난생처음 들어 보는 폭언에 얼굴이 빨갛게 변한 채 부들거리는 대장로였다.

"그리고 내가 기억을 잃었든 안 잃었든 강호에서는 강한 놈이 법 아냐? 그리고 여기서 내가 가장 강하니까 내 말이 곧 법이지."

"그, 그런 말도 안 되는 개소리를 지금……."

후웅— 쿠와와와와와—!

대장로가 다시 역정을 내려 할 때 영웅의 몸에서 엄청난 기세가 피어올랐다.

쿠와와와와—!

영웅이 입고 있는 무복이 강한 기운에 요란하게 펄럭이고 있었다.

"크으으윽! 이, 이게 무슨?"

말도 안 되는 기세가 비무장의 모든 곳을 덮쳤다.

관중석에 있는 사람 중 기가 약한 이들은 기절하고, 그나마 경지가 있는 자들은 이를 악물고 겨우겨우 버티고 있었다.

비무대 위에 있는 대장로와 오성가의 가주들 역시 비틀거리며 고통스러워하고 있었다.

"약육강식. 그게 강호라며? 여기서 나보다 강한 놈은 없는 거 같은데, 안 그래?"

저벅저벅.

부들거리며 힘겨워하는 대장로 무리에게 천천히 다가가는 영웅이었다. 그의 동공은 이미 까맣게 변해 있었다.

"천무성은 우리 가문이 직접 세운 곳이다. 그런데 너희 따위가 넘봐? 크크크!"

"사, 삼 공자!"

"크으윽!"

대답도 간신히 할 정도로 영웅의 압박이 거셌다.

영웅은 그런 그들을 가만히 보다가 기세를 거뒀다.

"헉헉헉!"

"쿨럭! 쿨럭!"

기세가 사라지자 그제야 느낄 수 있었다. 조금 전에 그 기운이 얼마나 엄청난 것이었는지.

경악과 공포가 뒤섞인 얼굴을 하고 있는 대장로 무리를 바라보던 영웅이 크게 외쳤다.

"이들이 내가 가짜라고 한다! 내가 누구냐!"

영웅의 외침에 비무장으로 날아오는 무리.

"신! 하후세가 하후패! 주군을 뵈옵니다!"

"신! 여씨세가 여월! 주군을 뵈옵니다!"

"신! 공손세가 공손벽! 주군을 뵈옵니다!"

삼신가의 사람들이 부복하며 영웅을 주군이라 불렀다.

"신! 장손세가 장손천기! 주군을 뵈옵니다!"

그리고 전혀 예상치 못했던 사람이 부복을 했다.

"처, 천기! 자, 자네가!"

"마, 말도 안 된다!"

4장

　그 뒤로도 천무성의 숨겨진 무력 단체인 백호단, 척살단, 비각 등등 수많은 하부 조직이 부복하였다.

　그곳에는 대회에 참석했던 대호 역시 끼어 있었다.

　"내가! 누구냐!"

　다시 묻는 영웅의 대답에 모든 사람이 일제히 입을 모아 말했다.

　"천무성의 삼 공자이시며 저희의 주군이십니다!"

　"저들이 나를 의심한다! 어찌해야 하느냐!"

　"신들에게 명령을 내리시옵소서! 모조리 쓸어버리겠습니다!"

　영웅의 주변에 부복을 하며 주군이라 외치는 이들.

천무성의 팔 할 가까이가 이미 영웅에게 충성을 맹세하고 있었다.

그랬다. 영웅은 이미 천무성 대부분을 장악한 상태였다.

"자, 이제 내가 누군지 잘 알았지?"

영웅이 웃으며 나직한 목소리로 말했다.

작게 말했지만 대장로 무리의 귀엔 천둥소리처럼 들려왔다.

"왜 이날까지 기다렸냐고? 그래야 숨어 있던 쥐새끼들을 일망타진할 수 있으니까. 타초경사(打草驚蛇)라고 하던가? 괜히 섣불리 나섰다가 네놈들이 도망을 가면 안 되니까."

영웅은 자신의 눈앞에서 부들거리는 대장로 일행을 바라보다 뒤에 부복하고 있는 자들에게 명했다.

"천무 대회는 이것으로 끝이다. 사람들 모두 돌려보내."

"충!"

영웅의 명에 재빠르게 물러나 관중석으로 이동하기 시작했다.

그 모습을 배경으로 영웅이 눈앞의 네 사람을 바라보며 웃었다.

"우리는 따로 대화할 것이 많을 듯한데?"

영웅의 말에 대장로가 입을 열었다.

"우, 우리를 무사히 보내 주면 그대 가문의 보검인 천뢰신검과 비급을 돌려주겠소."

대장로의 말에 영웅이 피식 웃으며 어딘가로 손을 뻗었다.

무엇을 하는지 몰라 어리둥절한 표정으로 바라보는 그들의 눈에 저 멀리서 날아오는 희미한 물체가 보였다.

슈아아앙-!

"헉! 처, 천뢰신검!"

탁-!

순식간에 날아와 영웅의 손에 잡히는 검과 비급이었다.

"이것을 말하는 거지? 아님, 내가 모르는 또 다른 보검이 있는 건가?"

능글거리며 말하는 영웅이었다.

이 말도 안 되는 광경에 대장로의 눈이 튀어나올 정도로 커졌다.

"허, 허공섭물로 이게 가능하다고? 이 머, 먼 거리를 허, 허공섭물로……?"

가까운 거리에 있는 물건들이 아니었다. 혹시 모를 사태를 대비해 대회장에서 최대한 멀리 떨어진 곳에 보관했고, 거기에 이중 삼중으로 경계를 펼쳐 놓았다.

그런데 그 먼 거리에 있던 물건들을 단지 허공섭물로 가져온 것이다.

허공섭물은 내공의 힘으로 물건을 들어 올리는 기술을 말한다. 설명은 단순하지만, 실제로는 그렇게 단순한 기술이 아니었다.

허공섭물을 사용하기 위한 최소한의 경지가 바로 화경이었다.

화경은 입신지경이라 하여 인간의 능력을 초월한 경지를 말한다. 그리고 인간의 능력을 초월한 화경도 이 허공섭물을 이렇게 자유자재로 사용할 수 없었다.

물건을 허공에서 자유자재로 움직이려면 자신의 내공을 방출해서 그것을 조절해야 한다. 그냥 내공을 모아 공격하는 것과는 차원이 다른 집중력이 필요하다.

무게가 무거울수록, 그리고 거리가 멀어질수록 그 난이도는 곱에 곱으로 상승한다.

그렇기에 허공섭물을 사용하여 공격하거나 물건을 들어 올리면 사람들이 놀라는 것이다.

그런데 자유자재로 다루는 것도 부족해서 먼 거리에 있는 물건을 정확하게 가져온다?

그것은 인간이 할 수 있는 영역이 아니었다. 기나긴 강호 역사에 그런 인간은 단 한 번도 등장하지 않았다.

바로 조금 전까지 말이다.

촤앙-! 빠지직-!

영웅이 검을 뽑자 사방으로 튀기 시작하는 뇌전들.

그 순간 사람들은 작은 희망을 품었다.

주인을 가리는 저 검이 부디 영웅에게 타격을 주기를 희망했다.

그 뇌전이 영웅을 새까맣게 태워 주기를 바랐다.

그럴 힘을 가진 신검이니까 말이다.

하지만 그것은 곧 절망으로 바뀌었다.

"그럴싸하지? 진짜는 아니지만, 진짜와 거의 비슷한 뇌전을 품고 있는 검이거든."

영웅이 하는 말이 무슨 뜻인지 이해가 가지 않는 사람들이었다. 마치 저 신검을 자신이 만든 것처럼 말하고 있었기 때문이다.

그 눈빛을 본 영웅이 친절하게 설명해 주었다.

"어찌 아냐고? 내가 만든 검이니까."

정확하게는 연준혁에게 의뢰를 해서 만든 검이지만, 이 사람들이 알아먹을 리 없으니 그냥 자신이 만든 것이라고 한 것이다.

털썩-!

그 말이 충격이었는지 모씨세가주가 바닥에 주저앉았다.

다른 이들 역시 입을 크게 벌린 채 동공이 풀려 있었다.

대장로는 연신 '말도 안 돼.'를 중얼거렸다.

그만큼 충격이 큰 것이다.

자신들이 천뢰신검이라 믿었던 검이 가짜였고, 그 가짜가 신검이라 불려도 손색이 없을 정도로 뛰어나다는 점이 다시 충격이었다.

거기에 모두가 무시하던 삼 공자의 무위와 능력에 대한 충격까지.

"그럴 리가 없다. 이것은 모두 허상이다! 나는 믿지 않는다!"

후웅–!

대장로가 이를 악물고 자신의 양손에 강대한 기운을 모아 영웅에게 뿌렸다.

"벽파쇄심장(劈破碎心掌)!"

푸하학–!

대장로가 펼친 절기는 정확하게 영웅의 가슴팍에 적중되었다. 그 모습에 회심의 미소를 짓는 대장로였다.

"크크, 자만심인가? 피하지도 않고 그것을 그대로 맞다니."

의외로 멀쩡한 영웅을 보고도 놀라지 않고 웃으며 말하는 대장로였다.

자신의 절기를 맞고도 멀쩡히 서 있는데 왜 웃는 것일까.

이 기술은 즉시 효과가 나오는 기술이 아니었다. 서서히 심장에 무리를 주어 결국 터져 죽게 만드는 기술이었다.

막아도 소용이 없었다.

오로지 피해야 하는데, 지금처럼 이렇게 기습적으로 공격을 당하면 방법이 없었다.

대장로는 조금 전까지 받았던 충격을 지금의 한 수로 날려 버렸는지 기세등등하게 웃으며 말했다.

"크크크, 내공으로 나의 기운을 다스리려 해도 늦었다. 이미 나의 기운이 너의 심장에 침투했을 것이니. 자, 어서 나에게 보여라, 네가 고통스러워하는 모습을."

대장로의 웃음에 영웅이 고개를 갸웃거리며 물었다.

"다스리고 말고 할 것도 없는데? 그 심장에 침투했다는 기운이 언제 활동을 시작하는데?"

"아, 아무렇지도 않단 말이냐? 지금쯤 심장에 무리가 가 고통이 시작되어야 하는데?"

"아무렇지 않은데? 뭐야, 별것도 아닌 거 가지고. 난 또 호탕하게 웃길래 엄청난 기술인 줄 알고 기대했네."

시큰둥한 얼굴로 자신에게 천천히 걸어오는 영웅의 모습에 그는 다시 한번 경악했다.

"아니다, 고통을 참지 마라! 어서 고통스러워하란 말이다!"

대장로가 악다구니를 질러 댔지만, 가뿐히 무시한 영웅은 손을 내밀어 휘저었다.

산뜻한 바람이 자신의 몸을 통과하는 것을 느낀 대장로가 고개를 들어 영웅을 바라보았다.

그 모습에 영웅이 웃으며 말했다.

"네가 말한 고통이 그건가?"

"무슨……? 커헉!"

어리둥절한 표정을 보이던 대장로는 갑자기 가슴을 움켜

쥐고 숨도 제대로 못 쉬며 엄청나게 고통스러워했다.

"으가가가가각!"

몸을 부르르 떨면서 눈을 뒤집었다. 입에선 연신 게거품이 흘러나왔고, 극한의 고통이 느껴지는지 비명조차 내지르지 못하고 굳은 상태로 떨고만 있었다.

그 모습이 어찌나 기괴한지 보는 사람들 모두가 소름이 돋을 정도였다.

대장로가 고통에 몸부림치는 모습을 흔들리는 동공으로 바라보던 오성가의 가주들은 무심코 영웅과 눈이 마주치고 말았다.

가주들과 눈이 마주친 영웅이 씩 웃으며 손가락으로 다음은 너희 차례라고 말해 주고 있었다.

천무성을 배신한 이들에게 기나긴 고통의 밤이 시작되고 있었다.

＊＊＊

－천무성에 새로운 강자가 탄생했다!

－그자의 정체는 무능공자라 불리던 천무성주의 막내 삼공자 백군명이다!

－천무성의 배신자들을 잡기 위해 오랜 시간 동안 자신을 숨기며 인고의 시간을 보냈다!

엄청난 소문이 순식간에 온 중원에 퍼져 나가기 시작했다.

비천신룡(飛天神龍) 백군명.

사람들은 더 그를 무능공자라 부르지 않았다.

당당하게 무림의 한 축을 이루는 무인으로 불렀다.

이 소식은 비밀리에 숨어서 치료를 받던 천검제의 귀에까지 들어갔다.

"뭐? 누가 뭐를 해?"

"사, 삼 공자께서 천무성을 장악하고 모든 배신자를 잡아냈다고 합니다."

"허…… 그 말을 지금 나더러 믿으라고?"

아무리 들어도 믿기지 않는 이야기를 하고 있었다.

자신의 막내 백군명이 천무성을 장악하고, 자신을 이 꼴로 만든 배신자 무리를 색출하여 처리했다니.

믿을 수가 없었다.

"확실한 정보야? 직접 가서 확인해 봤어?"

"그, 그건 아닙니다. 하지만 지금 온 중원에 그 소문이 파다하게 나 있습니다. 게다가 성주를 선출하는 천무 대회를 보고 온 사람들이 모두 같은 소리를 하고 있습니다. 무림에 엄청난 신룡이 나타났다고요."

"신룡? 내 아들이?"

"그렇습니다. 비천신룡 백군명, 이것이 현재 삼 공자님의 별호입니다."

"비천신룡이라고? 무능공자가 아니고?"

"네, 삼 공자님을 무능공자라 부르는 자는 이제 더는 없습니다. 오히려 차기 천하제일인이라고 불리기까지 하고 계십니다."

"차기…… 천하제일인이라니……."

천검제 백무상은 자신이 꿈을 꾸는 것이 아닌가 생각했다.

어리둥절한 표정으로 묻고, 또 묻는 그였다.

믿기지는 않지만 믿고 싶은 희소식이었기 때문이다.

천무성을 악적 놈들에게 뺏기게 생기고 홀로 천무성에 남은 막내 생각에 괴로웠는데, 그것을 일시에 해결한 사람이 자신의 막내라니!

세상에 이렇게 행복한 소식이 또 어디에 있을까.

저절로 몸에 힘이 나는 것 같았다.

쾅―!

그때 문이 요란하게 열리며 의약당주가 다급하게 들어왔다.

"무슨 일인가?"

허둥대는 모습에 백무상이 고개를 갸웃거리며 물었다.

"주군! 사, 삼 공자님께서……."

"알아, 지금 들었네. 우리 막내가 큰일을 했다지?"

"아, 아닙니다! 사, 삼 공자님께서 사람을 보내셨습니다!"

의약당주의 말에 백무상이 잠시 멍한 표정을 하더니 이내 환하게 웃으며 벌떡 일어났다.

"하하하하! 우리 막내가 사람을 보냈다고? 왜? 성으로 돌아와도 된다는 소식인가?"

"마, 맞습니다. 성은 완벽하게 장악했으니 돌아오셔도 된다는 소식입니다."

"하하하, 소문이 진실이었다니. 어서 가세. 소식을 가져온 자의 얼굴을 내 직접 보겠네."

백무상이 연신 즐거운 웃음을 지으며 재촉했다.

하지만 의약당주는 움직일 생각을 하지 않았다.

무언가 이상함을 느낀 백무상이 물었다.

"왜 그러는가? 무슨 문제라도 있는 것인가?"

"그, 그것이…… 주, 주군을 모시러 오, 온 분이…….

의약당주가 덜덜 떨면서 존칭을 사용하고 있었다.

천무성에서 의약당주가 존칭을 사용하는 자는 대장로와 가주 일가뿐이었다. 그만큼 의약당주의 나이와 배분이 높았다.

그런 의약당주가 존칭을 쓰는 사람이라니.

"음, 막내가 직접 왔는가? 아니지, 자네가 이리 당황하는 것을 보면 막내는 아니겠군. 누구길래 이리 놀라는 것인가?"

백무상이 다그치자 의약당주가 입을 열려고 했다.

그때, 문 뒤에서 누군가 쓱 들어와 포권을 했다.

"허허허, 밖에서 듣자 하니 내 얘기를 하는 것 같아 이리

들어왔습니다. 오래간만에 뵙습니다, 천검제."

불쑥 들어와 인사를 하는 자가 누군지 확인한 백무상은 너무 놀란 나머지 부들부들 떨면서 말을 더듬었다.

"허, 헉! 그, 그대는? 드, 등천무제?"

"껄껄껄! 이 몸을 기억해 주는군요. 맞습니다. 제가 직접 천검제를 모시러 왔습니다."

놀란 것도 놀란 것이지만 자신보다 연배도 높은 양반이 자신에게 계속 존칭을 사용하고 있었다.

백무상이 재빨리 정신을 차리고 포권을 하면서 말했다.

"서, 선배님! 후배 듣기 민망합니다. 편하게 하대하셔도 됩니다."

백무상은 연신 허리를 굽히며 말하다가 등천무제의 입에서 나온 말에 그대로 굳어 버렸다.

"허허, 그럴 수야 없지요. 제가 모시는 주군의 아버지신데."

백무상은 기괴한 움직임으로 천천히 몸을 일으킨 뒤 등천무제를 바라보았다. 그의 눈엔 경악과 당황, 혼란이 뒤섞여 있었다.

방금 자신이 들은 말이 무슨 의미인지 머릿속에서 제대로 인지를 못 하고 있는 것 같았다.

격하게 흔들리는 동공으로 등천무제를 바라보던 백무상이 침을 꿀꺽 삼키고 떨리는 목소리로 물었다.

"바, 방금…… 뭐, 뭐라고 하셨는지? 후, 후배가 제, 제대로 못 들었습니다."

백무상의 반응이 재밌는지 등천무제가 껄껄 웃으며 다시 이야기해 주었다.

"껄껄껄, 당황하셨습니까? 하긴 저라도 이런 상황이면 당황했겠군요. 허허, 다시 말씀드리겠습니다. 저는 저의 주군이신 백군명 공자님의 명을 받아 천검제 님을 모시러 왔습니다."

털썩-!

너무 놀라서 그만 자리에 주저앉은 백무상이었다.

등천무제가 누구인가?

자신과 더불어 천하에서 가장 강한 세 명의 무인 중 한 명이다. 또한 자존심이 강하고 남 밑에 있는 것을 극도로 싫어하는 성격으로 알려진 인물이다.

그런 그가 모시는 사람이 있었다.

심지어 그 사람이 무능하고 골골대던 자신의 막내아들이었다. 너무도 충격적인 이야기에 정신을 차릴 수 없었다.

몸 안에 내공이 없는 것이 천만다행이라고 느껴지는 순간이었다. 만약 내공이 있었다면 주화입마에 빠져 크게 위험했을 것이다.

"어이쿠! 많이 놀라셨나 봅니다. 이래서 다른 이를 보내라고 했는데, 주군께서 혹시 모를 위험에 대비한다고 저를 보내셨습니다."

주군이라고 부르는 것에 조금의 망설임도 없었다.

백무상은 잠시 숨을 고르고는 물었다.

"제, 제 아들의 어떤 점에 빠지신 것입니까?"

백무상의 질문에 등천무제가 생각하지 않고 바로 말했다.

"압도적인 강함! 그것에 반했지요, 허허허허."

"네? 제, 제 아들이 무제를 이길 만큼 강하단 말씀입니까?"

"허허허, 이길 만큼 강하냐고요? 그건 잘못된 표현입니다. 이긴다는 표현은 어느 정도 대적이 가능한 상대를 기준으로 하는 것이니까요."

"……그게 무슨 말씀입니까?"

"제가 말씀드렸을 텐데요, 압도적인 강함이라고. 저 같은 건 그분의 한 초식도 버티지 못합니다, 허허허."

"말도 안 됩니다! 어찌 사람이 그런 강함을 지닌단 말입니까!"

"주군은 그런 분이십니다. 나중에 보시면 제 말뜻을 알게 될 것입니다."

"그, 그럼 오랫동안 막내가 자신의 본모습을 우리에게 숨겨 온 것입니까?"

백무상의 질문에 등천무제가 빙그레 웃으며 대답해 주었다.

"사실 저도 그 부분은 잘 모릅니다. 다만 한 가지 확실한 것은 어떠한 기연으로 인해 말도 안 되는 무력을 얻게 되었다고 하시더군요. 다만 그 부작용으로 모든 기억을 잃으셨고요."

"기연을 얻었다고요? 그리고…… 기억을 잃어요?"

"그렇지요. 아마…… 기억을 못 하실 겁니다. 그러니 못 알아보신다고 해도 제가 방금 한 이야기를 기억하십시오."

계속되는 등천무제의 이야기에 백무상은 혼란스러웠다.

사실 등천무제가 이렇게 이야기하는 것은 영웅의 진짜 정체를 알고 있기 때문이었다.

혹시 모를 오해와 불상사를 미연에 방지하기 위해 미리 밑밥을 깔아 두는 것이다.

"자, 일단은 가시지요. 성에 가셔서 자세한 이야기를 나누는 게 어떻겠습니까."

등천무제의 말에 백무상이 고개를 끄덕이며 의약당주에게 말했다.

"이보게, 허유. 들었지? 어서 출발할 준비 하게."

백무상의 말에 의약당주가 머뭇거리다가 겨우 입을 열었다.

"저, 저기, 조금 곤란한 부분이 있습니다. 소성주님이 아직 정신을 차리지 못하셨습니다. 또한 몸 안에 있는 독기 때문에 지금은 움직일 수 없습니다."

의약당주의 말에 백무상의 표정이 굳었다.

생각해 보니 자신의 첫째 아들은 아직 깨어나지 못한 상태였다.

"그렇지. 우리 아들이 아직 정신을 못 차렸지…… 방법이 없는가?"

백무상의 말에 의약당주가 고개를 저으며 힘없는 목소리로 대답했다.

"죄송합니다. 현재로서는 방법이 없습니다. 영약이라도 있다면 어찌해 보겠으나, 그것이 쉬운 것이 아니니……."

의약당주의 말에 등천무제가 품속에서 무언가를 꺼내어 내밀었다.

"이거라면 도움이 되겠소?"

의약당주는 어리둥절한 표정으로 등천무제가 내민 목갑을 바라보았다.

"이게 무엇입니까?"

"대환단일세."

"네?"

"허허, 모르나? 소림의 대환단이라고 하면 온 중원이 다 알 텐데."

알다 뿐이겠는가.

대환단이 세상에 나타났다고 하면 그것을 얻기 위해 여기저기서 달려들 것이다.

그런데 그런 대환단을 아무렇지도 않게 내밀고 있었다.

"저, 정말 대환단입니까? 이, 이것을 어찌?"

"주군께서 전해 주라 하셨네. 아! 여기 성주님 몫도 있습니다."

또 다른 목갑을 꺼내 백무상에게 내밀었다.

백무상은 가만히 그 목갑을 바라보다가 심하게 떨리는 손으로 아주 조심스럽게 받았다.

뚜껑을 열자 휘황찬란한 빛이 사방으로 뿜어져 나오며 대환단이 영기를 발산했다.

황금 빛깔은 영단을 황홀하게 보이게까지 했다.

"마, 맙소사! 진짜였어!"

"주, 주군! 정말로 대환단입니다! 제가 알고 있는 대환단과 모든 게 일치합니다."

"나, 나도 잘 알고 있네."

많은 사람이 무림인들은 공부하지 않는다고 착각한다.

물론, 수련하는 시간이 더 많기에 어느 정도는 맞았다.

하지만 그렇다고 공부를 하지 않는 것은 아니다. 학사들이 하는 공부와 다를 뿐이었다.

그들이 하는 공부는 생존과 더 높은 경지를 위한 공부로, 무인에게는 꼭 필요한 것들이었다.

그리고 필수적으로 익혀야 하는 분야가 있는데, 바로 모든 영약에 대한 공부였다. 이 부분에 있어서는 웬만한 의원보다 상세하게 알고 있다고 봐도 되었다.

언제 어디서 영약을 발견할지 모르기에 읽고 또 읽어서 그 자체를 머릿속에 주입해 놓는다.

그래서 무림인들은 강호에 있는 유명한 영단들의 특징을 전부 줄줄이 꿰고 있었다.

의약당주는 몰라도 백무상이 대환단을 보고 진짜라 말할 수 있는 것도 그 때문이다.

또한 이러한 공부는 영약뿐 아니라 보검, 무공, 혈도에 대한 이해, 유명 문파의 특징과 조심해야 할 점 그리고 절대강자에 대한 신상명세까지 방대하게 이어져 있다.

마지막은 괜히 절대강자를 몰라보고 덤볐다가 비명횡사하는 불상사를 피하기 위해서였다.

이처럼 무림인들은 엄청난 공부를 한다.

관심사만 다를 뿐.

아무튼 백무상과 의약당주는 자신들의 손에 있는 대환단을 황홀하게 바라보고 있다가 정신을 차렸다.

"이, 이걸 정말로 저희에게 주시는 겁니까? 이 귀한 걸?"

백무상의 말에 등천무제가 빙그레 웃으며 말했다.

"허허, 제가 드리는 것이 아닙니다. 주군께서 전해 주라고 하셨습니다. 성주님의 기력이 많이 쇠해졌을 것이고, 또한 소성주님이 아직 깨어나지 않았다는 사실을 알고 계시기에 저를 통해서 전하라 하셨습니다."

"군명이가요? 그놈이 저, 정말로 제 자식이 맞습니까?"

백무상의 말에 등천무제는 그저 조용히 고개만 끄덕였다.

"허어…… 오늘 정말로 여러 번 놀라는군요."

"일단 며칠 동안은 그것을 흡수하고 무공을 되찾은 뒤에 이동하는 것으로 하지요. 그 기간이면 소성주도 깨어나겠지요?"

등천무제가 의약당주를 바라보며 묻자 의약당주가 격하게 고개를 끄덕였다.

자신의 손에 있는 이 대환단이면 소성주의 몸 안에 있는 독기뿐 아니라 내공도 원상태로 돌려놓을 수 있었다.

기쁜 모습으로 소성주에게 달려가는 의약당주를 바라보며, 백무상 역시 등천무제에게 양해를 구하고는 자신이 명상하던 연공실로 자리를 이동했다.

⁂

"그러니까…… 너는 아무것도 모른다?"

"네, 그렇습니다! 정말입니다!"

대장로가 바닥에 엎드린 채 영웅에게 싹싹 빌며 묻는 질문에 숨김없이, 그리고 지체 없이 대답했다.

그의 표정은 공포에 물들어 있었다.

장손세가를 제외한 나머지 오성가 가주들 역시 공포에 물든 얼굴로 무릎을 꿇은 채 영웅의 입에 집중하고 있었다.

조금이라도 대답이 늦으면 여지없이 엄청난 고통이 뒤따랐다.

태어나서 처음 경험하는 고통은 이들의 이지를 모조리 잡아먹어 버렸다.

살고 싶다는 생각도 들지 않았다.

차라리 죽었으면 좋겠다고 생각할 정도였다.

하지만 그들의 목숨은 더는 자신들의 것이 아니었다.

영웅이 잠깐 한눈을 판 사이에 모씨세가주가 벽에 머리를 박고 자결했다.

그 모습에 나머지 가주들도 따라 하려 했는데 알 수 없는 힘에 몸이 제지당했다.

영웅은 멈춰 버린 가주들을 천천히 바라보다가 머리가 깨진 채 꿈틀거리고 있는 모씨세가주가 있는 곳으로 다가갔다.

그리고 생글생글 웃으며 말했다.

사람이 머리가 깨져서 죽었는데 웃다니.

"누구 맘대로 죽으려고 해? 내가 허락하기 전에는 못 죽지."

악마가 따로 없었다.

문제는 그다음에 벌어진 일이었다.

알 수 없는 언어로 뭐라 뭐라 하자 놀라운 일이 일어났다.

머리가 깨져서 자결한 사람이 멀쩡한 모습으로 벌떡 일어난 것이다.

자결한 모씨세가주는 지금 이 상황이 무슨 상황인지 이해를 못 한 채, 1시진 동안 영웅의 기술에 몸부림쳐야 했다.

그 모습을 본 대장로와 나머지 가주들은 기겁했다.

그렇게 자신을 괴물 보듯 바라보는 사람들을 보며, 영웅은 손을 뻗고는 말했다.

"아무래도 제약을 걸어야겠네. 시도 때도 없이 자살한다고 날뛰면 내가 귀찮으니까."

그리 말하고는 자신들의 몸에 빛을 새겼다.

이 빛이 무엇인지 궁금했는데 친절하게도 아주 자세한 설명까지 곁들여 주는 영웅이었다.

"내가 놔주기 전엔 너희는 절대 죽지 못한다. 자결해도, 누군가에게 당해서 사지가 분해돼도 원상태로 복원될 거니까. 아! 물론 고통은 그대로야. 크크크."

그리고 사악하게 웃는 영웅을 보며 그곳에 있는 모든 사람은 엄청난 오한에 휩싸여야 했다.

아무래도 자신들이 지은 죄가 너무도 커서 악마의 손아귀에 잡힌 듯했다.

그 후의 상황이 지금 상황이었다.

대장로는 연신 굽신거리며 자신이 아는 모든 것들을 다 발설하고 있었다.

"천무성을 무너뜨리려고 한 이유는?"

"저, 정말로 모르는 일입니다. 저, 정신을 차려 보니 저, 저는 이곳에 이렇게 잡혀 있었고, 여, 여기 가주들이 천무성을 배신한 것도 이제야 알았습니다!"

조금도 발음이 어긋나지 않고 또박또박 아주 또렷하게 대답하는 대장로였다. 영웅의 심기를 조금이라도 건드리지 않기 위해 최선을 다하고 있었다.

그런데 자신이 알던 대장로와 무언가 많이 달랐다. 눈빛부터 말투까지 전부 지금까지 보았던 대장로의 모습이 아니었다.

아까부터 이게 지금 무슨 상황이냐고, 오히려 자신에게 되물으며 억울한 표정을 하고 있었다.

"사, 삼 공자님, 저, 저를 모르십니까? 제가 왜 천무성을 배신합니까!"

대장로의 눈빛을 보았을 때 거짓말을 하는 건 아니었다.

"그러니까 지금까지 천무성에서 한 모든 짓들이 기억이 나질 않는다는 거지?"

"그, 그렇습니다. 마, 마치 꿈을 꾼 기분이랄까? 정신을 차려 보니 사, 삼 공자께서 저를 무서운 눈빛으로 노려보시고……. 또 어, 엄청난 고, 고문까지……."

"뭐지? 이런 경우는 또 신선한데? 연기는 아니고……."

자신이 건 제약을 이겨 내고 저렇게 연기를 할 정도면, 그건 정말로 인정을 해 줘야 했다.

영웅이 신기한 표정으로 대장로를 바라보다가 머리가 아픈지 고개를 흔들었다.

일단 대장로 문제는 뒤로 미뤄 두고, 가주들에게 눈을 돌렸다.

"흐음, 그럼 너희는 왜 배신한 거냐? 천무성주 자리가 탐나서?"

영웅이 오성가의 가주들을 바라보며 묻자 화들짝 놀라 부복하면서 재빨리 입을 여는 그들이었다.

"네, 맞습니다! 저희 가문이 천무성을 차지할 수 있다는 헛된 희망을 꿈꾸었습니다! 주, 죽여 주십시오!"

"주, 죽여 주십시오!"

"죽여? 아니야. 나는 불살 주의라 함부로 안 죽여."

지금까지 들었던 말 중 가장 절망적인 말이었다.

불살.

저 말이 이렇게 무섭게 들리는 날이 올 줄이야.

"그리고 죽여도 그렇게 편안하게 죽이지 않으니 걱정하지 마."

그걸 걱정이라고 하나?

다들 울상이 된 얼굴로 고개를 푹 숙였다.

그때, 희망의 말이 그들의 귓가를 때렸다.

"조만간 복귀하는 아버지와 형님한테 절대 충성한다고 하면 편하게 여생을 보내다가 죽게 해 주는 것도 고려해 보고."

영웅의 말이 끝나기가 무섭게 대장로를 포함한 오성가의 가주들이 일제히 합창하듯 대답했다.

"넵! 이 한 몸 다 바쳐서 충성, 또 충성하겠습니다!"

저러다가 목청이 나가는 것이 아닐까 걱정될 정도로 있는 힘껏 대답하고 있었다.

"좋아, 지켜보겠어. 일단 아버지가 왔을 때 네놈들 하는 것부터 볼 거야. 잘해라."

"네, 알겠습니다!"

"아무튼 허튼 생각 하면 알지? 몸 안에 각인된 내 힘이 아주 기분 좋게 만들어 줄 테니까. 뭐, 그것을 즐길 수 있다면 허튼 생각 실컷 해도 되고."

"아닙니다! 저, 절대로 허튼 생각 따위는 하지 않을 것입니다! 오로지 성주님과 소성주님께 충성! 또 충성을 맹세할 뿐입니다!"

"좋아, 그런 자세를 항상 유지하도록."

"충!"

천무성을 배신하려던 무리가 아이러니하게 천무성 역사상 가장 충직한 세력으로 변모하는 순간이었다.

한바탕 폭풍이 지나간 천무성은 언제 그랬냐는 듯이 평화롭게 변했다. 그런 평온한 분위기 속에서 영웅은 차를 마시며 비선각의 각주 비천신군 담선우와 대화를 나누고 있었다.

주된 내용은 대장로에 관한 것이었다.

"어찌 생각해?"

"대장로의 말을 종합해 보았을 때 대장로는 누군가에게 심령을 조종당한 것 같습니다. 주군께서 그에게 엄청난 고통을 줄 때, 그 고통을 견디지 못하고 그의 몸에서 빠져나간 것으로 보입니다."

"그런 게 가능해?"

"제령술(制靈術)이라는 술법이 있습니다. 과거에 밀교, 또는 배교라 불리던 단체에서 사용하던 술법입니다. 그 단체가 사라지면서 같이 실전된 기술인데……."

"그걸 사용하면 정말로 다른 사람을 조종할 수 있는 거야?"

"그렇습니다. 정말로 제령술에 당했다면 대장로 역시 피해자입니다."

"그래? 흠, 그렇다면 대장로는 아는 것이 없겠군."

"아무래도 흑막에 가려진 세력이 있는 것 같습니다. 천하삼대세력인 천무성을 이렇게 흔들 정도라면, 아무래도 중원 정복을 목적으로 하는 무리가 아닐까 짐작해 봅니다.”

“그렇겠지? 대장로의 욕심으로 인해 벌어진 일이라 생각했는데 그게 아니었어. 생각보다 더 복잡하게 꼬여 있는 거 같군. 뭐 하는 놈들일까 궁금해지네.”

“저도 궁금하군요. 천무성을 자신의 손아귀에 쥐고 쥐락펴락하던 대장로조차 자신들의 뜻대로 조종하던 놈들입니다. 한바탕 무림에 폭풍이 불어올 모양입니다.”

담선우의 말에 영웅이 눈빛을 반짝였다.

‘그렇지. 역시 무림은 흑막이 있어 줘야지. 이거 흥미진진해지는데?’

영웅은 즐거운 마음으로 차를 마셨다.

그 모습이 의아했는지 담선우가 물었다.

“주군, 무슨 기분 좋은 일이라도 있으십니까?”

“응? 왜?”

“하하. 표정이 매우 좋아 보여서 말입니다.”

“아! 흑막이 있다니까 갑자기 즐거워서.”

“네?”

보통 무림을 위협하는 흑막은 모든 사람에게 근심과 걱정을 안겨 주는 존재였다. 그렇기에 담선우의 표정도 심상치 않았다.

그런데 자신의 주군은 오히려 그것을 즐기고 있었다.

“즐겁지. 대놓고 짓밟아도 사람들이 환호하면 모를까 비난하진 않을 거 아냐, 안 그래? 오히려 영웅 탄생이라며 좋아할걸."

생각이 달랐다.

자신의 주군은 흑막을 그저 자신의 무료함을 풀어 줄 세력 정도로만 생각하고 있었다.

담선우는 잠시 멍한 표정으로 영웅을 바라보다가 이내 피식 웃고 말았다.

"그렇군요. 소신이 생각이 짧았습니다. 주군께서 계시는데 흑막이 문제겠습니까?"

그때 영웅이 고개를 번쩍 들고는 좋은 생각이 났는지 담선우에게 말했다.

"가만! 대장로를 조종하다가 고통 때문에 도망갔다면 상황을 파악하기 위해 다시 오지 않을까?"

"아마도 그러지 않겠습니까. 그것은 왜?"

"그걸 역이용하는 건 어때?"

"역이용하다니요?"

"그놈이 고통 때문에 빠져나갔으니 그 뒤의 상황은 모를 거 아냐."

"설마…… 그 후에 주군이 제압당하고 대장로가 이곳을 점령한 것처럼 꾸미시려는 건?"

담선우의 말에 영웅이 고개를 끄덕였다.

그 모습에 담선우가 고개를 저었다.

"왜? 안 돼?"

"너무 늦었습니다. 이미 주군께서 천무성을 장악했다고 소문이 퍼질 대로 퍼진 상태인 데다, 이곳에 그자들이 심어 놓은 첩자들이 분명 있을 것인데 그들의 눈까지 피해서 일을 진행하기는 힘듭니다."

담선우의 말에 영웅은 아쉬운 표정을 지었다.

천무성이 장악당했다고 하면 흑막이 조금이라도 더 빨리 세상에 모습을 드러낼 것이 아닌가.

영웅의 표정은 시무룩해졌다.

놀이공원에 가서 놀이 기구를 타려고 기다렸는데 자기 바로 앞에서 영업이 종료된 기분이었다.

그런 영웅의 모습에 담선우는 어찌 달래야 할지 난감했다.

'살다 살다 흑막이 빨리 중원으로 진출하길 바라긴 또 처음이군.'

담선우는 자신도 모르게 웃었다.

그리고 영웅을 다시 바라보는데 허공에서 무언가를 꺼내고 있었다.

그것은 바로 안경이었다.

영웅이 꺼낸 안경은 바로 각성자를 판별해 주고 착용자의 능력치를 올려 주는, 만물의 눈이라는 유니크 아이템이었다.

원래라면 영웅은 사용이 불가능했지만 현재는 각성자의 은총이라는 특수 아이템을 착용한 상태였기에, 안경이 아이템에 반응하여 작동하였다.

영웅은 이게 정말로 될까 하는 표정으로 그것을 썼다.

그 모습에 담선우가 고개를 갸웃거리며 물었다.

"주군, 그것은 애체가 아닙니까? 그것은 왜? 주군 같은 신인도 눈이 안 보입니까?"

물론 그럴 리가 없었다.

영웅은 애체라는 단어에 피식 웃으며 말했다.

"아, 이거? 음, 특수한 능력을 갖춘 신물이라고 생각하면 돼."

"특수한 능력요? 어떤 능력입니까?"

"그걸 알기 위해 지금 써 보는 거야."

"네?"

그리 말하고는 어리둥절한 표정으로 자신을 바라보는 담선우를 바라보았다.

순간 안경에서 무언가 정보가 보이기 시작했다.

[일반 인간 - 무력형, 지력형]

[초인력 : 38,350]

[현재 상태 : 혼란, 경외]

[선악력 : 선-80% 악-20%]

[포스 분석 : 순수하고 정제된 기운]

영웅이 각성자는 아니다 보니 나오는 정보가 한정적이었다.

그중에서도 눈에 띄는 정보가 바로 초인력이었다.

'응? 초인력? 저건 뭐지? 얼마나 강한지를 보여 주는 지표 같은 건가?'

대충 짐작은 가지만 그래도 확실하게 하기 위해 나중에 연준혁에게 물어봐야겠다고 생각하고, 가장 마지막에 있는 포스 분석에 시선을 돌렸다.

'순수하고 정제된 기운이라…… 이것을 기준으로 천무성에 있는 첩자들을 잡아낼 수 있을까?'

잠시 고민하던 영웅은 창밖으로 고개를 돌렸다.

사람들의 정보가 하나둘씩 들어오고 있었다.

하인들의 평균 초인력은 100을 넘지 않았다. 간혹 지나다니는 경비 무사들의 초인력은 3,000~5,000까지 다양했다.

그때 이상한 정보가 영웅의 눈에 들어왔다.

[일반 인간 - 무력형]

[초인력 : 15,980]

[현재 상태 : 경계, 집중]

[선악력 : 선-10% 악-90%]

[포스분석 : 악의로 뭉친 기운]

영웅이 바라보는 자는 무인이 아닌 일반 하인이었다. 그런데 하인의 초인력이 경비 무사보다 월등하게 높은 16,000에 달하고, 그가 가진 기운 역시 악한 것으로 나오고 있었다.

'초인력의 기준이 무엇인지 알 길이 없으니……'

일단 그자에게 손을 흔들어 이리로 오라는 시늉을 했다.

영웅에게 지목당한 하인이 헐레벌떡 달려왔다.

"부, 부르셨습니까!"

"응, 연무실 청소 좀 해 줄래?"

"아, 알겠습니다. 지금 당장 가서 청소하겠습니다!"

"깨끗하게 부탁해."

"네, 소인이 최선을 다해 청소해 놓겠습니다!"

연신 허리를 숙여 굽신거리고 재빨리 뛰어가는 하인이었다.

영웅이 미소를 지으며 하인의 모습을 바라보자, 옆에 있던 담선우가 물었다.

"왜 그러십니까? 갑자기 연무실 청소는 왜?"

"저자…… 수상해. 하인임에도 강해."

"네? 그게 무슨 말씀이십니까? 저는 아무것도 못 느꼈는데요."

"아마도 내력을 숨기는 훈련을 받았겠지."

영웅은 자신이 낀 안경을 두드리며 말했다.

"이 녀석이 저놈을 수상한 놈으로 규정했어. 그러니 사실인지 이제 알아봐야겠지."

"아, 그래서 아무도 없는 연무실로 보낸 겁니까?"

영웅이 고개를 끄덕이며 자리에서 일어났다.

그러곤 자신을 따라 일어나는 담선우에게 말했다.

"담 각주는 해야 할 일이 있어."

"명만 내려 주십시오!"

"응, 경지별로 사람을 모아 줘."

영웅의 말에 담선우가 영문을 모르겠다는 표정으로 되물었다.

"네? 그게 무슨 말씀이신지?"

"확인할 것이 있어서. 역시 가장 높은 경지는 무제시겠지?"

"맞습니다. 그런데 무제께서는 현재 안 계십니다."

"응, 알고 있어. 담 각주의 경지는 어디쯤이야?"

"저는 흔히 말하는 화경의 경지입니다."

자신의 경지를 직접 말하는 것이 쑥스러웠는지 살짝 고개를 숙이며 말했다.

영웅은 담선우의 말에 고개를 끄덕이고는 머릿속으로 화경의 초인력을 저장했다.

일단 자신 주변 사람들의 초인력 정보를 수집해 대략적인 정보를 만들 예정이었다.

왠지 여기서 수집한 정보는 나중에도 유용하게 써먹을 것 같았다.

영웅은 웃으며 하인이 있는 연무실로 걸음을 옮겼다.

인적 없는 어느 숲속.

수많은 사람이 일제히 구령을 붙이며 앉았다 일어서기를 반복하고 있었다.

"번호."

"하나!"

"둘!"

"셋!"

절도 있는 동작으로 번호를 외치며 일어서는 사람들 사이로 영웅이 보였다.

영웅의 앞에서 우렁차게 번호를 외치는 이 사람들은 바로 흑막이 천무성에 심어 둔 첩자들이었다.

대략 30명에 달하는 첩자들이 군기가 바짝 든 얼굴로 영웅의 말을 듣고 있었다.

그 주변에는 오성가의 가주들이 몽둥이를 들고 부리부리한 눈으로 그들을 노려보고 있었다.

"이제 너희가 아는 첩자는 더 이상 없다는 거지?"

"그렇습니다! 저희가 아는 인물들은 모조리 잡아 왔습니다!"

산이 울릴 정도로 쩌렁쩌렁하게 외치는 사람들이었다.

이들은 영웅의 제약에 걸려 극한의 고통을 당했다.

제일 먼저 걸린 하인은 처음에는 반항했다.

하지만 그것은 오래가지 않았다. 엄청난 고통에 몸부림을 치다가 풀려나고, 영웅의 충성스러운 종이 되었다.

영웅은 너와 같은 첩자 둘을 데려오라고 했고, 그가 데려온 둘에게도 똑같이 고통을 주었다. 그렇게 꼬리에 꼬리를 물고 대략 30명의 첩자를 잡을 수 있었다.

"너희는?"

"네, 저희도 이게 전부입니다!"

"저희도 마찬가지입니다!"

천무성은 무림 삼대세력답게 큰 세력이었기에 위장 잠입한 첩자들이 많았다.

밀월신교(蜜月神敎)뿐 아니라 중원의 다른 세력에서도 첩자를 심어 놓았다. 물론 그들도 똑같은 고통을 당하고 이 자리에 서 있었다.

지금 그들의 머릿속에는 자신들이 속한 단체가 들어 있지 않았다. 오로지 영웅만이 그들의 머릿속에 가득했다.

영웅은 사람들이 목청껏 대답하든 말든 신경 쓰지 않고 무언가를 생각했다.

"밀월신교와 파천회(破天會)라……."

영웅에게 잡힌 첩자들이 실토한 세력 중 처음 들어 보는 단체들이었다.

둘 중에 한 단체는 분명히 대장로를 자신들의 입맛대로 조종한 단체일 것이다.

영웅은 옆에 있던 담선우에게 물었다.

"두 단체에 대해 들어 봤어?"

영웅의 질문에 담선우가 고개를 저으며 말했다.

"저도 처음 들어 보는 단체들입니다. 들어 보지 못한 단체가 하나도 아니고 둘이나 있다니……."

"흠…… 하긴 알지 못하니 이렇게 당했겠지."

"맞습니다. 생각보다 치밀하게 중원을 공략하고 있는 것 같습니다. 저들의 말을 종합해 보면 중원에 있는 핵심 문파에 첩자들이 침투해 있는 것 같습니다."

"됐어, 신경 쓰지 마. 그놈들까지 일일이 다 찾을 순 없으니 일단 제쳐 놓고, 당장 할 수 있는 우리 할 일을 하자고."

"네, 알겠습니다."

영웅은 대수롭지 않은 듯 이야기하고는 부동자세로 서 있는 첩자들에게 말했다.

"자, 아까 내가 뭐라고 했지?"

"네, 천무성 관련 정보를 철저하게 조작하라고 했습니다!"

"그래. 내가 방심한 틈을 타 기습을 당해 쓰러졌고, 대장로와 가주들이 천무성을 장악한 것처럼 꾸미라고."

"알겠습니다."

영웅은 한쪽에 서 있는 대장로를 보며 말했다.

"들었지? 천무성은 너희가 장악한 거야, 알았지?"

"네? 네!"

대장로가 깜짝 놀라며 큰 소리로 대답했다.

"오성가 사람들이랑 잘 이야기해서 가짜 성주도 알아서 잘 뽑아 놓고."

"네, 알겠습니다!"

영웅의 목적은 이것이었다.

정보 조작으로 밀월신교와 파천회를 속여 세상으로 나오게 하는 것.

첩자들의 말에 의하면 천무성을 장악하면 다음 지령이 올 거라고 했으니, 지령을 가져오는 놈들을 하나하나 잡아서 정보를 캐내면 될 일이었다.

그리고 이렇게 하는 이유는 재미를 위해서였다. 악당들을 찾아 조지는 재미는 절대로 포기할 수 없는 것이었다.

중원에 먹구름을 몰고 온 세력들이지만 영웅에겐 한낱 유희거리에 불과했다.

밀월신교와 파천회가 이 사실을 안다면 기가 막히고 코가 막힐 일이었지만 알 길이 없으니 당할 수밖에.

그날 저녁 천무성에서는 수많은 비둘기가 하늘 높이 날아올랐다. 천무성의 조작된 정보가 적힌 쪽지를 매달고서.

심각한 표정으로 방금 전해진 쪽지를 바라보는 한 노인.

그는 얼굴에는 주름이 가득해 나이가 많아 보였고, 학사들이나 입을 법한 옷을 입고 있었다.

또 특이하게 몸 여기저기에 상처가 많이 나 있었다.

노인은 연신 고개를 갸웃거리며 뭔가 찜찜한 표정을 지었다.

"흠, 뭐지? 분명히 천무성을 흔드는 것은 어려울 것 같다는 보고를 받았었는데…… 얼마 지나지 않아 다시 장악하였다고?"

자신의 하얀 수염을 쓰다듬으며 다른 한 손으로 쪽지를 만지작거렸다.

그의 정체는 밀월신교의 군사이자 총책임자인 사마천이었다.

얼마 전에 받은 정보와 정반대의 정보가 손에 들어오자 혼란스러워하고 있었다.

"군사님, 다른 곳에서도 연달아 똑같은 정보들이 들어오고 있습니다."

쪽지를 보며 상념에 잠긴 군사를 깨운 것은 또 다른 쪽지들을 들고 온 수하들이었다.

그는 쟁반 위에 수북이 쌓여 있는 쪽지들을 하나하나 까서 살펴보기 시작했다.

동공이 연신 좌우로 움직이며 계속 집중하고 있었다.

한참의 시간이 지나자 눈가를 손으로 비비며 피곤한 표정으로 한숨을 쉬었다.

"하아, 뭐지? 정말로 다시 장악한 것인가? 모를 일이군."

그때 문을 열고 들어오는 한 사람.

"하하, 군사님 바쁘십니까?"

웬 미남자가 생글거리는 표정으로 군사의 방에 스스럼없이 들어왔다. 그의 손에는 술병이 두 개 들려 있었다.

"자넨가? 여긴 어쩐 일로?"

"밖에 애들 말을 들어 보니 오늘 이상한 소식이 마구 들어왔다면서요? 군사님 머리 아프실까 봐 제가 또 이렇게 왔죠."

그러면서 손에 든 술병을 흔들었다.

그 모습이 밉지 않은지 피식 웃고 마는 군사였다.

"허허, 자네는 정말 못 당하겠군. 일단 앉게."

"하하하! 감사합니다."

청년이 자리에 앉으며 술병을 군사의 손에 쥐여 주었다.

차가운 술병의 느낌에 좀 정신이 드는지 곧바로 입으로 가져가 한 모금 하는 군사였다.

꿀꺽-!

"크으! 좋군. 그래, 또 무슨 부탁을 하려고 왔나?"

"하하하, 군사님도 참. 제가 무슨 부탁할 일이 있어야 오는 사람입니까?"

청년의 말에 군사가 말없이 그를 바라보자 어색한 웃음을 짓더니 술병을 내려놓으며 말했다.

"제가 가겠습니다."

다짜고짜 자신이 가겠다고 말하는 청년.

"자넨 정말 눈치가 빠른 건지 머리가 좋은 건지 헷갈릴 때가 많단 말이지."

"하하, 이왕이면 머리가 좋다고 해 주십시오."

"쪽지 내용도 모를 텐데 어찌 내가 사람을 보내리라 생각한 거지?"

"뻔하지 않습니까? 밖에 애들은 웅성거리고 있고, 군사님은 피곤한 표정을 지으시니 무언가 답답한 일이 벌어졌다는 말이지요. 그렇다면 다음에는 무엇을 하겠습니까? 당연히 사실을 확인하기 위해 사람을 보내겠지요. 그것을 제가 하겠다는 거지요."

군사는 말없이 청년을 바라보았다.

"자네 정말로 내 뒤를 이을 생각이 없는가?"

내보내 달라는 소리에 엉뚱한 소리로 응답하는 군사였다.

"하하! 아시잖습니까, 저 역마살이 있어서 한곳에 가만히 못 있는 거."

"쯧쯧! 말이나 못 하면…… 알겠네. 일단 교주님께 허락을 받고……."

"받아 왔습니다, 여기."

군사의 말이 끝나기도 전에 무언가를 내미는 청년이었다. 그것은 교주의 직인이 찍힌 명령서였다.

"허어! 정말 대단하군, 대단해."

철저한 준비성에 놀라는 군사였다.

도대체 이 청년이 누구길래 군사가 이리 대하고, 교주의 허락을 받고 나가는 것일까.

"다시 한번 말하지. 나는 자네가 차기 군사로 가장 유력하다고 보는데, 자네는 어찌 생각하나?"

"네에? 어휴, 그 답답한 자리에 저는 못 있습니다. 제발 봐주세요."

"허허허, 우리 신교에서 재능으로 치면 가장 뛰어난 놈이 그런 소릴 하다니. 하늘이 내린 재능을 그렇게 헛되이 사용하면 벌받아."

"하하하, 그래서 하늘은 저에게 역마살도 같이 내리셨나 봅니다."

청년의 말에 군사는 인상을 찌푸리며 말했다.

"내가 인정할 정도로 뛰어난 재능을 가진 놈이 이렇게 겉으로 나돌고 있으니…… 교의 큰 손해로다. 쯧쯧, 되었네. 교주님까지 허락하셨다니 내보내 주지. 하지만 제발 나가서 사고 좀 치지 마시게."

"군사님! 누가 들으면 제가 사고나 치고 다니는 줄 알겠습니다. 암튼 저는 이만 가서 나갈 준비를 하겠습니다, 하하하."

청년이 인사를 하고 환하게 웃으며 나가자, 군사가 고개를 저으며 중얼거렸다.

"하아아, 어쩌다가 교의 최고 인재가 저렇게 의욕이 없어졌을꼬. 교주님의 정식 제자가 못 된 한이 너무나도 깊어서인가?"

군사는 잠시 청년이 나간 문을 바라보다가 고개를 흔들고는 다시 눈앞의 일에 집중하기 시작했다.

천무성의 성주이자 강호 무림 삼제 중 일인인 백무상.

오랜 세월 수많은 경험을 했다고 자부하며 살아온 그가 지금 놀란 얼굴로 한 곳을 바라보고 있었다.

"주군, 소신 손문! 주군의 명을 받들어 성주님과 소성주님을 무사히 모셔 왔습니다."

백무상이 멍한 얼굴로 바라보고 있는 이는 영웅에게 절도 있는 동작으로 보고하는 등천무제였다.

물론 이미 이야기를 들었지만, 말로 듣는 것과 실제로 보고서 느끼는 것은 천지 차이였다.

미리 들었기에 충격이 덜할 줄 알았는데 그게 아니었다.

당당하게 등천무제의 인사를 받아넘기는 자신의 막내를 보니 더욱 실감이 나지 않았다.

자신의 눈앞에 있는 자는 힘이 없어 나서는 것을 극도로 꺼리고, 혼자 있기를 좋아하던 막내가 아니었다.

영웅은 자신과 등천무제를 보며 멍하니 서 있는 사람이 이곳에서 자신의 아버지임을 직감했다.

게다가 아무리 봐도 현실세상에 있는 자신의 아버지와 생김새가 판박이였다.

영웅은 웃으며 허리 숙여 인사했다.

"소자, 백군명! 아버지를 뵙습니다."

자신을 향해 인사하는 영웅을 보며 화들짝 놀라는 백무상이었다.

그리고 떨리는 목소리로 자신의 아들을 바라보며 말했다.

"저, 정녕 네, 네가 구, 군명이 맞더냐?"

백무상의 질문에 영웅이 고개를 끄덕이며 말 몇 마디를 덧붙였다.

"맞습니다. 사실 기억을 잃어서 정확하게는 모르겠습니다…… 죄송합니다."

"허어…… 강한 힘에는 대가가 따른다지만…… 그게 하필 기억이라니……. 오면서 이야기는 들었다. 기연을 얻어 수련하던 과정에서 그리되었다고."

"맞습니다. 강해지긴 했지만…… 모든 기억을 잃었죠. 솔직하게…… 아버지라 부르고는 있지만, 기억이 나지 않습니다. 한동안 영웅이라는 이름으로 살았기에 사실 그 이름이 더 편합니다."

한번 거짓말을 시작하니 이제 술술 나오기 시작했다.

사실 눈을 떴더니 갑자기 강해졌다는 말보다는 이게 더 설득력이 있었고, 자신이 이 세계로 넘어올 때 옆에서 진실을 본 여령은 멀리 있었다.

더욱이 나중에 잘 설명하기로 하고 여령의 기억까지 지워 버린 상태였다.

"영웅이라…… 하긴 기억을 잃은 상태에서 그 이름으로 지냈다면 그것이 더 편하겠구나. 좋다, 영웅! 이름이 정말 좋구나. 이제부터 너를 영웅이라 부르겠다."

"감사합니다."

"아니다, 천무성을 구한 영웅이니 틀린 말도 아닌 데다 새로이 태어난 것이나 다름없으니 새로운 이름을 쓰는 것이 이치에 맞을 터. 너의 이름은 이제부터 백영웅이다."

백무상의 말에 영웅이 속으로 씩 웃었다.

이제 입에 잘 붙지도 않는 군명이라는 이름을 사용하지 않아도 되었다.

"그나저나 우리 아들이 이 아비를 기억하지 못해서 어쩔꼬……. 아 참! 내 정신 좀 보게나. 보내 준 대환단…… 고맙구나. 기억에도 없는 아비를 위해 그 귀한 보물을……."

감정이 복받쳐 오르는지 잠시 말을 잇지 못하는 천검제였다.

그런 천검제를 등천무제가 조용히 토닥여 주었다.

"별말씀을요. 형님도 깨어났다고 전해 들었습니다."

"그래, 대환단의 기운을 완벽하게 흡수하는 중이라 같이 오진 못했다."

"잘되었군요. 여기 상황에 대해선 들으셨죠?"

"허허허, 오냐."

"멋대로 진행해서 죄송합니다."

"허허허, 아니다. 뭐든 너의 뜻대로 맘껏 해 보아라. 이 아비는 이제 뒷방으로 물러나 너희의 세상을 봐야겠구나."

"네?"

"녀석. 네 형도 인정했다. 네가 천무성의 진정한 성주라는 것을 말이다."

"네에?"

"그렇게 좋으냐? 허허허, 녀석. 조만간 내 성주의 인장을 넘겨주마. 아주 성대하게 즉위식을 치러 주겠다. 으하하! 모든 이가 부러워할 만큼 아주 성대한 즉위식 말이다!"

"아, 아니…… 아, 아버지. 저, 저는 성주를 할 생각이 조금도 없습니다."

"녀석, 겸손하기까지. 이 아비가 우리 아들의 참모습을 모르고 살아왔구나. 미안하다."

"아니라니까요! 지, 진짜로 성주 할 마음 없어요. 혀, 형님이 딱입니다. 형님에게 물려주세요. 저는 절대로 받지 않을 겁니다!"

영웅이 기겁하며 격하게 반대하자, 형님 자리를 빼앗는 게 마음에 걸려서 그런다고 생각해 한발 물러서기로 한 백무상이었다.

"허허, 알았다. 아직 시간은 많으니 천천히 하자꾸나, 천천히."

말투에서 성주 자리를 반드시 영웅에게 넘기겠다는 의지가 느껴졌다.

영웅은 이런 상황도 예상해 둔 상태였기에 마음을 다잡았다.

'좋아, 예상했잖아? 일단 형님을 최대한 강하게 키워야겠군. 절대로 저 자리에 앉을 수는 없지.'

여기서 볼일이 끝나면 떠날 사람이었기에 이런 것들은 확실하게 정리하고 가야 했다. 물론 가끔 와 보기는 하겠지만 그래도 이곳은 자신의 세상이 아니었다.

두 부자의 해후가 이어질 때, 뒤에서 한 무리의 사람들이 우르르 들어왔다.

대장로와 오성가 사람들이었다.

"서, 성주님을 뵈옵니다!"

앞다투어 엎드려 인사를 올리는 그들을 보며 백무상의 표정이 서서히 굳어 갔다.

　그리고 그의 입에서 영웅에게 말할 때와는 달리 서릿발 같은 한기가 풀풀 풍기는 음성이 흘러나왔다.

　"오랜만이군그래. 내가 살아 돌아와서 밥이 목구멍으로 안 넘어가겠군, 안 그런가?"

　"주, 죽을죄를 지었습니다! 주, 죽여 주십시오!"

　"죽여 주십시오!"

5장

죽여 달라 외치는 그들을 보며 백무상의 눈썹이 역팔자로 휘었다.

"이놈들! 네놈들이 그러고 숙이면 내가 못 죽일 거 같으냐? 오냐, 너희의 소원대로 해 주마."

고오오오-!

백무상의 몸에서 거대한 살기가 흘러나오더니, 그의 손바닥에도 새빨간 기운이 넘실거리기 시작했다.

대장로와 가주들은 그저 바닥에 고개를 박은 채 조용히 엎드려 있었다.

백무상이 손을 들어 그들에게 일격을 날리려 할 때, 영웅이 조용히 앞으로 나섰다.

자신의 앞을 막는 영웅을 보고 백무상이 고개를 갸웃거렸
다.

그러다 이들을 이용해서 배후를 끄집어낸다는 계획을 떠
올렸다.

백무상은 아쉬운 얼굴로 기운을 거두어들였다.

"이 아비가 네가 하는 일을 방해할 뻔했구나."

"아닙니다. 이놈들 지금 수 쓴 거예요."

"응? 수를 쓰다니? 그게 무슨 소리더냐?"

백무상이 어리둥절한 표정으로 묻자 영웅이 뒤돌며 엎드
려 있는 사람들에게 말했다.

얼굴은 잔뜩 짜증이 난 모습이었다.

"제법 머리를 굴렸네? 이야, 나 안 보이는 데서 이런 잔대
가리만 굴리고 있었구나?"

영웅의 말에도 백무상은 여전히 이게 무슨 소린가 하는 표
정으로 영웅과 배신자들을 번갈아 보았다.

백무상이 그러거나 말거나 영웅은 섬뜩한 미소를 지으며
나직하게 말했다.

"죽고 싶다라……. 내가 분명히 말했을 텐데? 내가 죽으라
하기 전엔 죽고 싶어도 못 죽는다고. 오래간만에 일대일 대
면 좀 할래?"

영웅이 손을 푸는 시늉을 하자 엎드려 있던 자들이 경기를
일으키며 벌떡 일어났다.

그러곤 바로 영웅의 발밑으로 다가가 눈물, 콧물이 범벅된 얼굴로 손을 싹싹 비비며 용서를 구했다.

"요, 용서해 주십시오! 소, 소인들은 그저 정말로 죽음으로 사죄하겠다는 마음으로 말했을 뿐입니다! 진짜입니다!"

"마, 맞습니다! 죽을죄를 지었으니 죽여 달라고 한 것입니다! 허튼 마음은 조금도 먹지 않았습니다!"

"부, 부디 일대일 대면만은! 제발!"

어찌나 애처롭고 처절하게 애원하는지 옆에서 지켜보던 백무상이 안쓰러울 정도였다.

"조심해, 또 이러면 그땐 아주아주 즐거운 대면이 있을 테니까. 나에겐 즐거운 시간이지만, 과연 너희에게도 즐거운 시간일까?"

"며, 명심, 또 명심하겠습니다!"

"뼈에 새겨서라도 지키겠습니다!"

목에서 피가 터져 나오는데도 아랑곳하지 않고 자신이 내지를 수 있는 최대한의 소리로 외치는 그들이었다.

그 모습에 백무상은 알 수 없는 오한을 느꼈다.

그들의 눈에는 정말 말로 표현할 수 없는 진한 공포가 담겨 있었다.

그리고 자기 아들이지만 앞으로 조심해야겠다는 생각이 절로 들었다.

오래간만에 현실세계로 돌아온 영웅은 곧바로 연준혁을 찾았다.

"하하, 이번엔 꽤 오랫동안 있다가 나오셨군요."

"어쩌다 보니 그렇게 되었네요. 여기선 대략 하루 정도 지났겠지요?"

"그렇습니다. 어제 뵙고, 오늘 다시 뵙는 것이니까요. 집에는 안 들어가 봐도 되겠습니까?"

"네?"

"집이요."

"헉, 맞다!"

중원에서 너무 정신없이 보낸 탓에 집에 연락하는 걸 깜박한 것이다.

영웅은 재빨리 핸드폰으로 엄마에게 전화를 걸었다.

─여보세요?

"어, 어머니, 저, 저 영웅입니다."

─응, 우리 아들. 웬일로 전화를 다 했어?

"제가 어제 친구 집에서 술을 마시고 잠들어 버리는 바람에 집에를 못 들어갔습니다."

─응? 뭐야, 우리 아들 왜 그래. 뭘 새삼스럽게 그런 걸 변명하고 그래. 하루 이틀도 아니고.

"네?"

─호호호, 그래도 아들이 이렇게 당황하면서 전화하니까 기분은 좋네. 아들도 이제 어른이잖아. 외박한다고 뭐라 하지 않으니까 나쁜 짓만 하지 마.

"네? 네!"

─그래, 엄마 지금 마사지 좀 받는 중이니까 나중에 통화하자.

"네……."

뭔가 허탈했다.

생각해 보니 이 세상의 영웅은 꼬박꼬박 집에 들어가는 건실한 학생이 아니었다.

"뭔가 허탈하네요."

"하하, 다 그런 것이지요. 보통 재벌가 자제들이 외박을 밥 먹듯이 하니 사모님께서도 그러려니 하시나 봅니다."

"그러게요. 덕분에 시간에 구애받지 않고 맘껏 활동해도 되겠군요."

"그건 희소식이네요."

"하아, 그래도 긴장을 한 저 자신이 한심하네요."

한숨을 쉬는 영웅을 보며 연준혁이 기분 좋은 미소로 말했다.

"영웅 님도 긴장을 하시는군요. 보기 좋습니다."

"저도 사람이니까요."

"그러게요. 저는 영웅 님이 하늘에서 강림한 신이신 줄 알았습니다. 그런데 지금 모습을 보니 저와 같은 사람인 것 같아 기분이 좋군요."

연준혁의 말에 영웅이 머쓱한 표정으로 턱을 긁었다.

"집에 가려고 오신 것이 아니면 저에게 볼일이 있으신 겁니까?"

연준혁의 말에 영웅이 고개를 끄덕이며 말했다.

"만물의 눈에 대해 궁금한 것이 있어서요."

"착용해 보신 겁니까?"

연준혁의 물음에 고개를 끄덕이며, 종이에 안경에 뜬 내용을 적어 보여 주었다.

연준혁은 고개를 끄덕이고는 입을 열었다.

"여기 적혀 있는 내용이 궁금하신 거군요."

"네, 설명 좀 해 주시겠습니까?"

"하하, 네, 알겠습니다. 일단 제일 먼저 있는 건 일반인인지 각성자인지 구분해 주는 것입니다. 거기에 그 사람의 특성까지 보여 주는 것이지요. 일반인은 그저 단순하게 무력형, 지력형으로 표현되지만, 각성자는 다르게 표현됩니다."

"그것도 일반인과 각성자가 다르게 나옵니까?"

"그렇습니다. 각성자는 그자의 클래스가 나옵니다. 더불어 등급도 나오는 것으로 알고 있습니다."

"등급까지요?"

"그렇습니다. 괜히 유니크 아이템이 아니죠."

영웅은 고개를 끄덕였다.

연준혁은 계속 설명을 이어 나갔다.

"초인력은 그 사람의 강함을 나타냅니다."

역시나 강함을 나타내는 지표였다.

자신의 예상이 맞았음에 다시 한번 고개를 끄덕이는 영웅이었다.

"현재 상태는 그 사람의 심리를 알려 주는 것이고, 선악력은 그자의 성품을 알려 주는 것이지요. 포스 분석은 그자가 지닌 기운을 분석해서 보여 줍니다."

"그런데 이렇게 추상적으로 보여 줍니까?"

"하하하, 아닙니다. 착용하고 저를 보시겠습니까?"

연준혁의 말에 영웅이 만물의 눈을 꺼내 착용했다.

[각성 인간 - 도제]

[등급 : SS ~ SSS]

[초인력 : 69,780]

[현재 상태 : 차분, 호기심]

[선악력 : 선-90% 악-10%]

[포스 분석 : 순수하고 정제된 기운]

영웅의 눈에 비친 연준혁의 데이터는 무림에서 본 일반인들의 데이터와는 살짝 달랐다.

등급 칸이 새로 생겨 있었다.

"등급이 생겼군요."

"그것을 착용한 자들의 생존력이 우수한 이유가 그것입니다. 자신보다 강한 자들을 알아챌 수 있게 해 주니까요. 반대로 자신보다 약한 이들도 알게 해 주기에 안 좋은 쪽으로 사용할 수도 있습니다."

연준혁의 말을 들으니 왜 이것이 그리 비싼지 알 것 같았다. 처음에는 그냥 단순하게 각성자와 일반인을 구분해 주는 아이템인 줄 알았는데 그것이 아니었다.

그 외에도 각성자의 스텟을 올려 주는 능력도 있었지만, 영웅에게는 해당 사항이 아니었다.

영웅은 각성자의 은총의 힘을 빌려 이 아이템을 사용하기 때문이다.

순간 영웅은 자신의 데이터가 궁금했다.

영웅이 만물의 눈을 벗어 연준혁에게 건넸다.

"이것을 왜 제게?"

만물의 눈을 자신에게 내밀자 어리둥절한 표정으로 묻는 연준혁이었다.

"아, 제 능력치도 궁금해서요. 한번 봐 주실래요?"

영웅의 말에 연준혁이 고개를 격하게 끄덕였다. 영웅의 능력치는 자신도 정말 궁금했기 때문이다.

연준혁은 조심스럽게 만물의 눈을 착용하고 영웅을 바라
보았다.

[??? – ???]
[초인력 : 00]
[현재 상태 : 호기심]
[선악력 : 구분 불가]
[포스 분석 : 구분 불가]

만물의 눈으로도 영웅의 힘을 잡아내지 못했다.

연준혁이 실망한 눈빛을 보이자 영웅이 다급하게 물었다.

"어떻게 나와요?"

영웅의 물음에 연준혁이 고개를 저으며 말했다.

"아무것도 안 나옵니다. 영웅 님 현재 심리 상태만 보여
주네요."

"네? 초인력도 안 나와요?"

"네, 초인력은 00으로 나오네요. 아무래도 측정할 수 있는
한계치를 넘어섰기에 그냥 00으로 표기한 것 같습니다."

정말 아쉬운 말이었다.

자신의 초인력을 알 수 있다면 비슷한 등급의 라이벌을 찾
을 수 있지 않을까 하는 기대를 했는데 모두 틀어져 버렸다.

"하아, 그건 좀 아쉽네요."

연준혁은 만물의 눈을 벗어 영웅에게 건네주며 말했다.

"나중에 시간 되시면 각성 테스트도 한번 받아 보시겠습니까?"

그건 재밌을 것 같았다.

영웅이 고개를 끄덕였다.

"네, 그건 재밌을 것 같네요. 일단은 대충 정보를 얻었으니 다시 들어가 볼게요."

"알겠습니다. 그럼 즐겁게 지내고 오시길."

연준혁의 배웅을 뒤로하고 손을 흔들며 다시 화이트 웜홀 속으로 사라지는 영웅이었다.

* * *

무림으로 돌아온 영웅은 만물의 눈에 나타나는 초인력을 가지고 이곳의 사람들을 나누기 시작했다.

일단 평범한 사람들의 초인력은 대략 100을 넘지 않았다. 영웅은 100을 기준으로 무인과 일반인을 구분 지었다.

이류 무인과 일류 무인의 기준 역시 500 단위로 끊어서 잡았다.

"흠, 대호 밑에 있는 애들이 초일류라고 했지. 대략 5,000까지 잡으면 되겠군. 대호는 최근에 초절정이 되었다고 했으니 초절정의 기준은 15,000이겠군."

열심히 정보를 정리해서 적어 내려가는 영웅이었다.

"대호의 초인력이 15,450이었지."

대호의 이름 옆에 수치 역시 기록했다.

"등천무제가 280,000이 나왔고, 아버지는 245,000 정도
군. 역시 무림 최강자들답네."

삼제의 경우는 초인력의 수치가 10만 단위를 넘어서고 있
었다.

"연준혁 씨는 대략 담 각주급이라 생각하면 되겠군. 대략
무림의 십이지왕 위치겠어."

이렇게 보니 나름 상위권에 속한 인물이었다.

연준혁이 자신의 위에 프리레전드와 레전드가 있다고 했
으니, 레전드는 대략 등천무제급 각성자일 것이다.

그렇게 정리가 어느 정도 마무리되었다.

"편하네. 나중에 써먹을 일 있을 때 이걸 기준으로 나누면
되겠어."

영웅이 구분 지은 초인력은 대충 이랬다.

1~100 : 평범

101~500 : 이류 무인

501~1,000 : 일류

1,001~5,000 : 초일류

5,001~15,000 : 절정

15,001~30,000 : 초절정

35,001~50,000 : 화경

50,001~100,000 : 현경

100,001~ : 신화경

　무림을 기준으로 지었고, 아직 정보가 미비하여 살짝 범위가 넓은 감이 있었다.

　나중에 현세에서도 각성자들의 등급별로 다시 정리할 예정이었다.

　"가만…… 초인력을 연준혁 씨가 알고 있다는 건 이것에 대한 정보가 있다는 소리잖아."

　쉬운 길이 있었다.

　그것을 이제야 생각해 낸 영웅은 자신의 머리를 치며 자책했다.

　"어휴, 머리가 나쁘면 몸이 고생이라더니. 나중에 연준혁 씨에게 초인력의 기준표가 있는지 물어봐야겠군."

　영웅은 자리에서 일어나 크게 기지개를 켜고는 책자를 덮어 품 안에 넣고 방을 나섰다.

〰〰

　중원을 삼등분하는 삼세 중 한 곳인 무림맹은 호남성 패릉

현에 자리하고 있었다.

무림맹은 구파일방과 오대세가를 주축으로 여러 중소 방파들이 뭉쳐서 만들어진 연합체였다.

군사 제갈명.

수많은 방파가 뭉쳐 있는 이 거대한 조직이 조금의 흔들림 없이 완벽하게 돌아가는 건 모두 그 덕분이었다.

세상의 모든 것을 알고 있다 하여 만박통지(萬博通知)라고도 불리는 인물.

그의 명성이 어느 정도인가 하면, 무림맹이 천하 삼세가 된 이유 중 가장 첫 번째로 꼽히는 게 제갈명의 존재였다.

그런 제갈명의 아미가 일그러져 있었다.

이 뛰어난 천재를 곤란하게 만든 일은 무언인가.

그것은 그의 앞으로 날아온 두 개의 보고서였다.

첫 번째 보고서는 '천무성의 무능공자는 절세의 고수였고, 그가 천무성의 분란을 일시에 잠재웠다.'라고 되어 있었고, 두 번째 보고서는 '절세고수인 삼 공자가 방심한 틈을 타 다시 천무성의 실권을 대장로파가 잡았다.'라고 되어 있었다.

"알 수가 없군. 우리 애들이 모두 동시에 배반할 리는 없고, 그렇다면 이 보고서가 정말이라는 이야긴데…… 이게 가능한가?"

처음 보고서는 절대로 거짓이 아니었다. 천무 대회를 보고 온 자들이 모두 똑같은 소리를 하고 있으니까.

하지만 두 번째는 의심이 갔다.

천무성에 심어 둔 모든 첩자가 똑같은 보고서를 일제히 보냈다.

마치 제발 믿어 달라고 하는 것 같은 보고서들.

의심이 들었지만, 지금까지 거짓을 보고한 적이 없었기에 그냥 믿어 보기로 했다.

제갈명은 이 보고서를 토대로 앞으로의 계획을 짜기 시작했다. 이 기회를 발판 삼아 무림맹을 중원 최고의 단체로 만들기로 마음먹은 그였다.

그때 문이 열리며 신선 같은 풍채를 가진 노인이 모습을 드러냈다.

그의 등장에 제갈명이 재빨리 몸을 일으켜 포권을 하며 허리를 숙였다.

"신! 제갈명, 맹주님을 뵈옵니다."

"허허허, 이 늙은이가 방해한 것은 아닌지 모르겠군."

모습을 드러낸 이는 현 무림맹주이자 삼제이군십이지왕 중 이군(二君)에 속하는 매화신군(梅花神君) 현재양이었다.

그의 사문은 화산파(華山派)였고, 화산파 역사상 손에 꼽힐 정도로 강한 고수였다.

"아닙니다. 이런 누추한 곳까지 찾아 주셔서 소신이 감사할 따름입니다."

"허허허, 고맙네."

"그런데 여기까지 어쩐 일로 오셨습니까?"

제갈명이 고개를 갸웃거리며 묻자 맹주가 웃으며 말했다.

"천천히 하시게, 천천히. 손님이 왔는데 차도 안 내주고 질문부터 하는구먼. 빨리 가라는 소린지……."

"아, 아닙니다! 이, 이쪽으로 오십시오. 저에게 아주 향이 좋은 상급 용정차(龍井茶)가 있으니 그것을 대접해 드리겠습니다."

"오오! 역시 찾아온 보람이 있구나, 허허허."

맹주는 용정차라는 소리에 환한 표정으로 군사를 따라 안으로 들어갔다.

잠시 후, 김이 모락모락 피어오르는 용정차를 음미하는 맹주에게 군사가 다시 물었다.

"이제 말씀해 주시지요. 무슨 일이 있으신 겁니까?"

군사의 재촉에 맹주는 차를 내려놓고 입을 열었다.

"듣자 하니 천무성에 문제가 생겼다던데, 사실인가?"

맹주의 말에 제갈명은 깜짝 놀랐다.

자신도 방금 보고를 받았는데, 맹주가 그것을 벌써 알고 있었다.

"어찌 아셨습니까? 소신도 방금 보고를 받은 내용입니다."

"허허, 맞구먼. 걸왕 그 친구에게 들었네. 말도 안 되는 이야기에 놀라서 곧바로 이곳으로 달려온 것이네."

걸왕이라는 소리에 제갈명은 속으로 안심했다. 맹의 누군가가 정보를 흘리고 다니는 것은 아닌지 걱정했는데, 그 정보를 말한 자가 걸왕이라면 얘기가 달랐다.

걸왕 추왕천.

현 개방의 방주이자, 개방 역사상 가장 강한 무인으로 칭송받는 자였다.

거기에 10만에 달하는 정보원을 거느리고 있는 개방이 아니던가.

중원에서 정보력으로 둘째가라면 서러워할 이들이었다.

그런 곳의 수장이니 당연히 천무성의 정보를 잘 알고 있을 것이다.

제갈명은 고개를 끄덕이고는 맹주의 궁금증에 대답해 주었다.

"그렇습니다. 현재 들어온 소식에 의하면 천무성은 다시 혼란 속으로 들어간 것으로 보입니다."

"흠, 사실이었군."

"천하의 걸왕께서 주신 정보가 아닙니까. 어찌 믿지 않으시고 저에게 오신 겁니까?"

"끄응, 그 거지 놈의 말을 어찌 믿겠는가. 나에겐 우리 군사가 있는데. 군사의 의견이 합쳐져야 그게 진짜 정보가 아니겠는가."

환하게 웃으며 말하는 맹주를 보며, 제갈명은 가슴 한 곳이 뭉클해지는 걸 느꼈다.

"감사합니다. 소신을 이리도 생각해 주시다니……."

"그대가 없으면 우리 맹이 있겠는가? 그대가 우리 맹의 진정한 중심이 아니신가."

"그런 엄청난 말씀은 부담입니다. 부디 거두어 주십시오."

"허허허, 사실을 말했을 뿐이네. 자 자, 이런 이야기는 그만하고, 어찌할 예정이신가?"

맹주의 말에 군사가 자기 생각을 이야기했다.

"아직 확실한 계획이 짜인 것은 아니지만 이 기회를 잘 이용한다면 우리 무림맹이 중원 최대의 단체로 우뚝 설 수 있을 것 같습니다."

"허허허, 정말 듣기만 해도 좋은 소리군. 그런데 우리 군사는 등천문은 안중에도 없는 것인가?"

"등천문은 문주가 바뀌었습니다. 등천무제가 물러났으니, 그들은 지금 새로운 문주를 중심으로 개편하는 데 정신없을 것입니다. 거기에 천무성은 혼란스럽지요. 이것은 하늘이 우리에게 내려 주신 기회입니다."

군사의 말에 맹주가 고개를 끄덕이며 동의했다.

"나 역시 군사와 생각이 같네. 지금이 우리에게 찾아온 절호의 기회라 생각하고 있네. 말만 하시게. 내 모든 것을 동원하여 지원하겠네."

맹주가 눈을 반짝이며 말하자, 군사가 조심스럽게 입을 열었다.

"일단 확실하게 하기 위해서 가장 믿을 만한 사람을 천무성에 파견해야겠습니다."

"그건 또 왜 그런가?"

"정확한 상황을 판단하기 위해서이지요. 때마침 신임 성주가 선출되었다고 하니, 그에 맞춰 축하단을 파견할까 합니다."

"축하단이라…… 하긴 직접 가서 확실하게 보고 오는 것이 좋겠군. 내 제자 놈을 그곳으로 보내지."

"네? 맹주님의 제자라면……. 그분이 가시겠습니까, 수련밖에 모르시는 분인데."

"그러니 더더욱 보내야지. 그놈 그러다가 세상 구경도 못하고 수련만 하다가 인생 끝나게 생겼어. 끄응! 뭔 놈의 수련을 그리 좋아하는지."

"하하, 남들은 제자들이 꼼수 부리며 요리조리 피해 다닌다고 걱정하는데, 맹주님께서는 행복한 고민을 하고 계십니다."

"끄응, 아닐세. 군사가 몰라서 그러네. 이러다가 진짜로 수련장에서 평생 살 것 같아 걱정이네. 그러니 임무라도 줘서 세상 구경 좀 시켜야지."

"알겠습니다. 그럼 제가 준비해 두겠습니다."

"부탁 좀 하세."

그 말을 끝으로 대화를 마친 둘은 조용히 남은 용정차를 훌쩍이며 평화로운 분위기를 만끽했다.

천무성이 아침부터 시끌벅적했다.

오늘이 천무성의 신임 성주가 탄생하는 날이기 때문이었
다.

얼마 전에 천무 대회를 구경하러 왔던 사람들은 어리둥절
한 표정으로 연신 주변을 두리번거렸다.

그때 천무성을 뒤집어 놓았던 삼 공자를 찾기 위함이었다.

"소문이 사실인가?"

"그러게, 정말로 다시 역공을 당해서 쓰러졌나?"

"이상하단 말이지. 그때 보았을 때는 무신 같았는데…….”

"제아무리 무신이어도 방심했다면 또 모르지."

"맞는 말일세. 방심해서 기습에 당했다면 불가능한 일도
아니지. 거참, 중원에 또 다른 영웅이 탄생하나 했더
니…….”

"너무 성급하게 승리를 자축한 게지. 그런 것을 보면 경험
이 정말 중요하다는 걸 알 수 있네, 쯧쯧.”

"그렇지, 무림 경험이 풍부했다면 조금의 방심이 어떠한
결과를 가져오는지 알았을 텐데.”

저마다 혀를 차며 혜성처럼 등장했다가 순식간에 사라진

천무성의 삼 공자를 안타까워했다.

처음에는 긴가민가하다가 정말로 다른 이가 성주로 선출되자 진실로 믿기 시작한 것이다.

그때 단상으로 한 사람이 올라가더니 큰 소리로 외쳤다.

"자, 자! 주목해 주십시오!"

그 소리에 사람들의 시선이 일제히 그곳으로 쏠렸다.

"여기까지 와 주신 무림 동도 여러분, 정말로 감사드립니다. 이제 곧 천무성의 신임 성주님의 취임식이 거행될 예정입니다. 성주님께서 모습을 드러내시면 큰 환호로 맞이해 주시면 정말로 감사하겠습니다."

그리고 허리를 숙여 인사하고는 단상에서 내려갔다.

남자가 단상에서 내려가자, 사람들은 중앙에 있는 성주 취임식장으로 걸음을 재촉하기 시작했다.

더 늦기 전에 자리를 잡으려고 하는 것이다.

천무성 중심에 차려진 거대한 연무대에는 용무늬를 새긴 천들이 입구부터 쭉 깔려 있었다.

"종리세가의 첫째 종리상이 신임 성주로 추대되었다면서?"

"쯧쯧, 너무 젊은 사람을 성주에 올렸구먼. 천무성도 이제 내리막길로 가는 건가?"

"그건 두고 봐야겠지만 내 생각도 그러네. 명성이 있는 것도 아니고, 그렇다고 무공이 뛰어난 것도 아니지 않은가."

"말이 좋아 성주지, 천무성 가신들의 꼭두각시가 아니겠는가."

사람들이 웅성거리며 기다리고 있을 때 문이 열리고, 새로운 성주가 된 종리상이 화려한 예복을 입고 천천히 걸음을 옮기며 등장했다.

"천무성 신임 성주님! 입장이시오!"

커다란 외침에 사람들의 이목이 집중되었다.

당사자인 종리상은 근엄한 표정을 지으며 걸음을 옮기고 있었다.

하지만 그의 속마음까지 그런 것은 아니었다.

'젠장! 빌어먹을! 이런 꼭두각시 노릇이나 하려고 그 긴 세월을 수련한 것이 아닌데.'

속에서는 천불이 일어나고 있었다.

가뜩이나 젊은 혈기가 넘쳐 호승심이 강한데 영웅의 명에 가짜 성주로 취임하고 있으니, 얼마나 분하고 자존심이 상하겠는가.

마음 같아선 지금이라도 당장 옷을 찢어발기고 모든 것을 세상에 고하고 싶었다.

이것은 연극이라고, 모든 것이 다 꾸며진 것이라고.

하지만 차마 그럴 수 없었다.

자신의 정면에서 매의 눈으로 감시하는 삼신가와 오성가의 가주들은 자신이 어찌할 수 없는 강자들이었고, 그중 한

명은 자신의 아버지였다.

거기에 자신만 피해를 당하는 것이 아닌, 가문 전체가 조리돌림을 당할 게 뻔했기에 이를 악물고 참고 있었다.

무엇보다 그에게 인내심을 불어넣은 건 영웅에 대한 공포였다.

겉으로는 태연한 척하지만, 그의 마음에 깊이 박혀 있는 원초적 공포는 사라지지 않았다.

그저 속으로 툴툴거리며 반항하는 것이 그가 할 수 있는 전부였다.

그때 공포의 목소리가 머릿속으로 들려왔다.

ㅡ표정. 좋게 말할 때 표정 풀어라.

'컥!'

갑작스러운 목소리에 종리상은 하마터면 큰 소리를 낼 뻔했다. 하지만 그런 실수는 하지 않았다.

재빨리 입가에 미소를 띠며 걷기 시작했다.

ㅡ더 행복하게. 억지 미소 말고.

'제길! 지가 와서 해 보든지.

ㅡ너 지금 내 욕 했냐?

ㅡ아, 아닙니다!

영웅의 정곡에 종리상이 급당황하며 재빨리 전음으로 대답했다. 조금이라도 지체하면 진실이 될 뻔한 상황이었다.

ㅡ조심해라. 응? 너는 표정에서 다 읽히니까.

−네…….

영웅의 전음에, 불타오르던 반항심이 눈 녹듯이 사라져 버린 종리상이었다.

그리고 여기서 잘못했다가는 일대일 대면이 기다리고 있다는 사실이 종리상에게 기합을 잔뜩 불어넣고 있었다.

한편, 다른 곳에서 성주의 취임식을 유심히 지켜보는 사람들이 있었다.

단정한 무복을 차려입고 부채를 흔들며 연신 즐거운 표정으로 바라보고 있는 한 남자.

그는 밀월신교에서 천무성의 보고가 진짜인지 확인하기 위해 군사의 명을 받고 나온 청년이었다.

그의 이름은 사운학이었다.

"흠, 정말인가? 표정이 수상한데……."

신임 성주의 표정을 유심히 살피는 사운학의 옆에서 같이 온 수하가 자기 생각을 말했다.

"긴장해서 그런 것이 아닐까요? 성주라는 큰 자리에 올랐다는 생각에 부담이 되어 표정이 굳었을 수도 있죠."

"그런가? 하긴, 아직 성주라는 자리에 오를 정도의 연륜이 쌓인 상태는 아니니."

"그런데 왜 저렇게 어린 자를 성주에 앉힐까요? 가문의 가주인 본인이 직접 하면 되는 것을."

"자식을 앉혀야 오래 해 먹지. 아마 그런 점에서 저 가문들끼리 서로 합의를 했을 것이다."

"아, 그렇군요. 제가 생각이 짧았습니다."

"아니야. 그리고 가주가 성주가 되면, 가문은 누가 맡을까. 아마 결론적으로 뒤에서 수 쓰는 게 낫다고 생각했을 거야."

사운학의 말에 수하는 연신 고개를 끄덕였다.

"아무튼 대장로가 천무성을 장악했다는 건 진실인 것 같군. 특이점은 보이지 않아."

"그렇죠. 사실이 아니라면 종리세가의 자제가 성주직에 오를 리가 없으니까요."

수하의 말에 고개를 끄덕이는 사운학이었다.

"그래도 좀 뭔가 찝찝한 건 사실인데."

"에이, 여기 있는 사람들 다 그 이야기입니다, 찝찝하다고."

"그래? 나만 그렇게 느끼는 것이 아니었어? 사람들이 찝찝해하는 이유는 뭐야?"

"무림에 새로운 강자가 탄생한 줄 알고 기대했는데 순식간에 사그라들었다면서, 저자들이 뭔가 음모를 꾸며 비천신룡을 기습했다고 생각하고 있습니다. 그들은 당연히 비천신룡이 성주가 되어야 한다고 생각합니다."

수하의 말에 김빠진 얼굴을 한 사운학이 말했다.

"난 또 뭐라고. 그런 건 약육강식인 이곳에서는 비일비재한 일이 아니더냐. 비천신룡이 약했던 것이지."

"그래도 너무 아쉽습니다. 그자가 다스리는 천무성이 궁금했는데……."

"오히려 우리에겐 호재지. 덕분에 천무성 정복을 순조롭게 달성했으니. 대장로에게 만나자고 서신을 보냈지?"

"네, 밤에 조용히 만나기로 했습니다."

사운학은 수하의 말에 고개를 끄덕이고는 다시 성주 즉위식이 열리는 연무대를 바라보았다.

사운학이 있는 장소의 정반대 쪽에도 연무대 위의 종리상을 바라보는 눈빛이 있었다.

그의 눈빛은 매서워 보였다.

"흥! 저자가 천무성의 성주라고? 내가 볼 때는 별거 없어 보이는데?"

"아이고, 도련님! 조, 조용히 좀 말씀하십시오! 여기는 천무성 안마당입니다."

"뭐가 겁이 난다고 몸을 사린단 말이냐!"

"도련님! 도련님은 개인의 볼일로 온 것이 아닙니다. 도련님의 언행에는 맹주님의 얼굴이 걸려 있습니다. 제발 좀 자중하세요."

맹주라는 말에 청년의 기세가 빠르게 수그러들었다.

"아, 알았네. 사부님께는 비밀로 해 주게."

이 청년은 무림맹주의 하나뿐인 제자이자 화산파의 속가 제자인 여불강이었다.

그의 재능이 얼마나 뛰어난지는 무림맹 사람이라면 모르는 사람이 없었다.

다만 아직 무림에서 활동하지 않았기에, 알려진 명성이나 별호가 없었다.

얼마나 모습을 드러내지 않았으면, 무림맹주가 제자가 없는데 있다고 우기는 게 아니냐고 말하는 사람이 있을 정도였다.

그 탓에 골머리를 앓는 건 맹주 본인이었다.

재능도 뛰어난 놈이 수련광에 노력광인 거까지는 좋았다.

문제는, 수련을 너무 좋아해서 바깥세상에 일절 관심이 없었다.

이번에 천무성도 맹주가 사정사정해서 겨우 나온 것이었다.

"저런 쓸데없는 것을 볼 시간에 검을 한 번이라도 더 휘두르는 게 좋을 텐데……."

수련광다운 말이었다.

그의 말에 같이 온 수하들이 한숨을 쉬며 고개를 저었다.

여불강을 보좌하고자 따라온 자들은 화산파의 자랑, 매화 검수들이었다.

이를 보면 맹주뿐 아니라 화산파에서도 그를 얼마나 애지 중지하고 있는지 알 수 있었다.

이들 외에도 천무성을 감시하는 수많은 문파가 눈에 불을 켜고 이상한 점을 찾기 위해 동분서주하고 있었다.

그런 그들의 모습을 영웅이 구석에서 웃으며 바라보고 있었다.

즉위식이 끝나고 난 저녁.

한바탕 축제가 벌어지고 있었다.

사방에서 연신 축하 소리가 울려 퍼지고, 사람들의 즐거운 웃음소리가 끊임없이 들려왔다.

그런 정신없는 틈을 이용해서 몰래 성내로 들어간 자들이 있었다.

그들은 자신들의 정체를 숨기기 위해 복면을 하고 있었다.

"이, 이건 너무 위험한 행동 아닙니까?"

"쉿! 조용히 하여라. 우리의 목적을 위해선 어쩔 수 없지. 사람들의 모든 정신이 연회에 몰려 있는 지금밖에 기회가 없다."

"아니, 안에 들어가서 무엇을 확인한단 말씀입니까?"

"비천신룡, 그자를 찾아보자."

"네? 저들이 비천신룡을 세상에 남겨 두었겠습니까? 죽여도 벌써 죽였을 것입니다."

"아니야, 저들은 비천신룡을 함부로 죽이진 못해. 나중을 위해서라도, 세간의 평판을 위해서라도 그를 살려 두어야 한다. 그러니 성 어딘가에 제압당한 채 있을 것이다. 우리는 그걸 찾아 이 일의 전말을 알아낸다."

작은 목소리로 의견을 주고받으며 열심히 돌아다니는 그들. 이런 그들의 대화를 모두 듣고 있는 이가 있었다.

하늘에 옆으로 누운 자세로 떠 있는 영웅이었다.

"흠, 그것도 좋은 생각이네. 후후, 그럼 어디 억울하게 제압된 비천신룡 역할을 해 볼까?"

영웅은 장난 가득한 미소를 지으며 어딘가를 향해 날아갔다.

이런 사실을 아는지 모르는지 둘은 연신 주변을 두리번거리며 이상한 점을 찾기 위해 돌아다녔다.

그러다가 성 제일 구석에 있는 허름한 전각에서 빛이 새어 나오는 것을 발견했다.

전각은 총 삼 층으로 이루어졌는데 크기가 제법 컸다. 대충 봐도 방이 수십 개는 있어 보였다.

그런데 빛이 나오는 방은 중앙에 있는 방이 전부였다.

저 큰 전각에 한 명만 거주할 리 없는데 말이다.

-저곳이 수상하다.

전음을 들은 수하 역시 고개를 끄덕이며 진중한 표정을 지었다.

그들이 바라보는 장소에는 건장한 체격의 무인들이 주변을 부리부리한 눈빛으로 둘러보며 철통같이 경계를 서고 있었다.

-그렇군요. 허름한 건물 입구를 저렇게까지 경계하다니.

-맞아. 저건 중요한 인물이 있다는 소린데. 절대로 천무성 중심인물은 아니지. 그런 자들이 이곳에 머물 리 없을 테니까. 그런 자들을 제외하고 중요한 인물이라면…….

-비천신룡이겠군요.

수하의 대답에 사운학이 고개를 끄덕였다.

-그럼 저곳을 어찌 들어가죠? 저기를 지키고 있는 자들의 무공 수위가 제법 되는 것 같은데요.

-음, 일단 방법을 생각해…….

전음이 채 끝나기도 전에 건물 한쪽에서 소란스러운 소리가 들려왔다.

"아! 진짜로 잘못 온 거라고!"

"그럼 그대로 돌아가시면 됩니다. 이곳은 외부인의 출입이 엄격하게 금지된 곳입니다."

"하하, 정도를 지향한다는 천무성에 무언가 냄새가 나는 건물과 그곳을 지키는 무인들이라……."

"말이 지나치십니다. 거기서 더 나가시면 저희도 어쩔 수 없이 힘을 써야 합니다."

"뭐? 하하하하! 지금 네놈들이 나 걸왕 추왕천에게 그딴 말을 하는 것이냐?"

"거, 걸왕!"

"크하하하! 놀란 척해 줘서 고맙구나. 그냥 무덤덤하게 반응했다면 정말 화가 날 뻔했는데."

추왕천의 말에 선두에 있던 무인이 포권을 하며 말했다.

"명성이 자자한 걸왕 어르신을 뵙게 되어 영광입니다. 어르신께서 계신 이곳은 외부인 출입 금지 구역이니 다시 연회장으로 돌아가 주시길 간곡히 청하는 바입니다."

아주 딱딱한 말투로 자신의 의사를 확실하게 전하는 무사였다.

그런 무사를 보며 표정이 굳는 걸왕의 뒤로, 또 다른 목소리가 들려왔다.

"할배, 여기서 뭐 해요?"

걸왕이 뒤를 돌아보니 무림맹주의 제자인 여불강이 한 손에 술병을 든 채 자신을 바라보고 있었다.

"네가 여긴 웬일이냐?"

"웬일은요. 할배가 이쪽으로 향하니까 사고 칠 것 같아서

평행세계
먼치킨

따라온 거죠. 아니나 다를까 사고 치고 계셨네요."

"이놈아! 누가 들으면 내가 사고만 치고 다니는 줄 알겠다."

"아니에요? 이상하네. 사부님이 말씀하시길 할배 별호는 걸왕이 아니고 개왕이라고 하시던데, 하도 사고를 많이 치고 성격이 개 같다면서."

"뭐? 이익! 현재양 그놈이 그딴 소리를 했다고?"

둘이 티격태격하며 떠들어 대자 그곳을 지키던 무사가 머리가 아픈지 고개를 흔들고는 다시 말했다.

"자 자, 보아하니 두 분께서 깊은 대화를 하셔야 할 것 같은데, 연회장으로 가서 마저 대화함이 어떠신지요?"

무사의 말에 걸왕은 찝찝한 표정으로 건물을 쓱 바라보고는 아쉬움이 가득 담긴 발걸음을 옮기기 시작했다.

그 모습에 안도의 한숨을 내쉬는 나머지 무사들이었다.

걸왕이 사라지고 난 뒤에 무사들은 전음으로 대화를 나눴다.

―휴우! 숨어서 지켜보던 놈들을 어찌 자연스럽게 건물로 들일까 고민했는데 저들이 도와주었군.

―그러게 말입니다. 저들 덕에 자연스럽게 주변을 지키던 무사들을 모조리 앞으로 모아 뒤쪽이 텅 비었습니다. 아마 그쪽으로 들어갔을 것입니다.

―그래도 확실하게 하기 위해 조금·더 틈을 준다.

-네!

허름한 전각을 지키던 무사들의 대화처럼 뒤쪽에선 사운학이 홀로 전각 안으로 들어가고 있었다.

무공 경지에 자신이 있던 그였기에 가능한 행동이었다.

'후우, 운이 좋았군. 갑자기 저들이 나타나 이목을 다른 곳으로 돌려 준 덕분에 손쉽게 들어왔다.'

일부러 이목을 다른 곳으로 돌렸을 것이라고는 생각하지 못했다. 그리 생각하기엔 일어난 일들이 너무나도 자연스러웠다.

아무튼 사운학은 조심스럽게 아까 봐 두었던 불빛이 나오는 방을 향해 다가갔다.

문틈 사이로 살짝 엿보니 누군가가 다리에 쇠사슬이 묶인 채 힘없이 바닥에 주저앉아 있었다.

행색을 보니 내공을 제압당한 무인같이 보였다.

드르륵.

문을 열었음에도 남자는 미동조차 하지 않았다. 궁금증에 고개를 들어 볼 법도 한데 그런 것도 없었다.

사운학은 조용히 그 남자의 앞으로 다가가 나직한 목소리로 말했다.

"당신이 비천신룡 백군명이오?"

사운학의 물음에 남자가 움찔하더니 고개를 천천히 들었다.

세상만사를 다 포기한 눈으로 자신을 바라보는 남자를 보며 사운학은 이자가 비천신룡임을 직감했다.

사운학의 직감은 맞았다.

쇠사슬에 다리가 묶인 채 영혼 없는 표정을 짓고 있는 남자는 바로 영웅이었다.

영웅은 사운학과 그의 수하가 하는 대화를 듣고는, 지금 넋 나간 사람을 연기하고 있었다.

이유는.

자연스럽게 잡기 위해서였다.

물론 재미를 위함도 있었다. 병장이 군대에 갓 입대한 신병에게 같이 자대에 배치된 동기로 분장해 장난을 치는 것과 같은 것이었다.

이런 소소한 재미가 그를 무림에 계속 있게 만드는 요소였다.

또 장난을 쳐도 자신을 알고 있는 자가 없으니 부담도 없고 말이다.

영웅은 연기하며, 속으로 키득거리기 바빴다.

물론 겉모습은 정말 세상 모든 것을 포기한 사람의 그것과 같았다.

영웅의 목에서 메마른 목소리가 흘러나왔다.

"그, 그대는 누구요?"

갈라진 목소리에 사운학이 안쓰러운 눈빛으로 잠시 바라보다가 입을 열었다.

"쯧쯧, 어쩌다가……. 나는 그대를 구하러 온 사람이오."

사운학의 말에 영웅이 눈을 반짝이며 고개를 들었다.

"나를? 그대는 누구요? 나와 관계된 사람인가? 아니면…… 아버지께서 보내셨소?"

"아니오. 정체는 알려 줄 수 없소. 그저 당신을 흠모하는 자라 생각해 주시오."

얼굴에 복면을 한 채 말하는 사운학을 보며 영웅이 고개를 끄덕였다.

"고맙소. 정체를 모르니 이 은혜를 갚을 길이 없구려."

"하하, 그대가 부활해 준다면 그것이 곧 내 기쁨일 것 같소."

"부활? 내 반드시 힘을 뇌찾아 이 빌어먹을 천무성 종자 놈들을 모조리 쓸어버릴 것이오!"

정말로 복수심에 불타는 모습을 보여 주는 영웅의 모습에, 사운학이 고개를 끄덕이며 그의 발목에 있는 쇠사슬을 내공으로 끊어 버렸다.

차깡-!

쇠사슬이 떨어져 나간 자리를 아주 자연스럽게 주무르는

영웅을 보며 의심을 완전히 거두는 사운학이었다.

"나는 내공을 제압당했소. 어찌 이곳을 빠져나갈 것이오? 밖에는 사람들이 이곳을 철통같이 지키고 있을 것인데."

"그건 걱정하지 마시오. 내가 신호를 보내면 수하가 그들의 이목을 다른 곳으로 돌릴 것이오. 그때 탈출하면 되오."

"저들은 강하오. 그런데 아무리 이목을 돌린다 하나, 나까지 데리고 이곳을 빠져나갈 수 있단 말이오?"

"하하하, 걱정하지 마시오. 나도 무공에 제법 자부심이 있으니까."

사운학의 말에 영웅은 만물의 눈을 꺼내 들여다보고 싶은 충동이 들었다.

하지만 지금 그런 의심스러운 행동을 할 수는 없으니 꾹 참기로 했다. 더 큰 재미를 위해서 말이다.

사운학은 조심스럽게 영웅의 손목을 잡고 물었다.

"잠시 내력을 확인해 보아도 되겠소?"

사운학은 정말로 영웅이 내공을 제압당했는지 확인하려 하는 것이다.

영웅도 그것이 무엇을 뜻하는지 알았지만, 아무 문제가 없었기에 고개를 끄덕였다.

허락이 떨어지자 사운학은 자신의 내공을 불어 넣어 영웅의 몸 안에 내력이 있는지 확인했다.

그러한 과정에서 그는 깜짝 놀랐다.

모든 혈도가 막힘없이 뚫려 있었다.

"하아, 정말 대단하군. 과연 비천신룡이라 불릴 만하오. 여기서 벗어나 요양만 잘하면 머지않아 원래의 무위를 되찾을 것 같소."

사운학의 말에 영웅이 환한 미소를 지으며 고맙다고 말했다.

"고맙소! 정말로 정체를 알려 주지 않으실 거요? 내 나중에 꼭 은혜를 갚고 싶소."

"하하, 어려운 사람끼리 돕고 사는 것이 아니겠소? 너무 신경 쓰지 마시오. 자 자, 일단은 이곳을 벗어나고 이야기를 계속합시다."

그리 말하고 사운학이 영웅을 업었다.

"단단히 붙잡으시오. 내 경공이 좀 빨라서 잘못하면 날아갈 수도 있으니."

"알았소."

영웅은 그리 말하고 사운학을 꼭 껴안았다.

그것을 느낀 사운학이 입가에 미소를 지으며 안심하라는 뜻으로 영웅의 손을 툭툭 치고는 휘파람을 불었다.

휘익—!

휘파람 소리와 함께 전각의 한쪽에서 폭발이 일어났다.

쾅—!

무언가가 터지는 소리와 함께 전각 주변을 지키던 무사들이 일제히 그곳으로 달려갔다.

"무슨 일이냐!"

"저기다! 쫓아라!"

무사들의 이목이 일제히 그곳으로 쏠리자 사운학은 지체 없이 몸을 날려 그곳을 빠져나갔다.

후웅-!

사운학의 말대로 그의 경공은 정말로 빨랐다. 경공만 놓고 보면 무림에서 열 손가락 안에 들어갈 정도였다.

물론, 영웅의 입장에서는 그냥 애들 달리기나 다름없는 속도였지만.

아무튼 고양이처럼 날렵하게 창문에서 뛰어내린 사운학은 영웅을 등에 업은 상태에서 아래에 있는 나뭇가지를 살짝 발끝으로 차고는 다시 날아올랐다.

사람 둘의 무게가 차고 지나갔음에도 나뭇가지는 실바람이 분 듯 살짝 흔들릴 뿐이었다.

거기에 워낙 빠른 속도로 일어난 일이라 모르는 이가 봤다면 그냥 나뭇가지가 바람에 살짝 흔들렸다고 생각할 정도였다.

그렇게 한참을 달려 한적한 곳에 도착한 사운학이 영웅을 바닥에 내려놓으며 말했다.

"이곳이면 안전할 것 같군. 이제 가시오."

사운학이 포권을 하며 말하자, 영웅이 잠시 머뭇거리다가 마주 포권을 하며 말했다.

"미안하지만 당분간 날 좀 보호해 줄 수 없겠소? 내 먹은 것도 부실하고 가진 것도 없소. 이 상태로 가 봤자 어딜 가겠소. 얼마 못 가 다시 잡히거나, 아니면 다른 이들에게 당하겠지."

영웅의 말에 사운학이 잠시 생각하더니 고개를 끄덕였다.

"내가 그 생각은 미처 하지 못했군."

"그러니 도와주시오."

영웅의 간절한 부탁에 사운학이 미소를 지으며 말했다.

"하하하하, 그건 어렵군."

그러더니 복면을 벗어 버렸다.

"유흥은 여기까지만 해야겠군. 어차피 네놈을 빼내 온 것은 내 변덕이었으니까."

갑작스럽게 변한 사운학의 모습에 놀란 표정을 짓는 영웅이었다. 끝까지 자신을 속일 줄 알았는데 의외로 일찍 정체를 드러낸 것이다.

반면 사운학은 영웅이 자신의 말에 놀란 것으로 착각하고 있었다.

그 모습을 보며 즐거운 미소를 짓는 사운학이었다.

"크크크, 표정이 보기 좋군. 그런 표정은 나를 즐겁게 하지. 더 놀라운 것을 알려 줄까?"

"왜, 왜 이러시오? 가, 갑자기 더 놀라운 것이라니?"

영웅은 맡은 바 연기에 최선을 다했다.

그런 영웅의 연기에 감쪽같이 속고 있는 사운학이 비웃음이 가득 담긴 말을 뱉었다.

"크크크, 천무성을 그리 만든 게 우리라는 것만 알아 두어라."

영웅은 자신이 가진 모든 감정을 다 동원해서 엄청나게 놀란 표정을 지었다.

"마, 말도 안 된다! 나, 나에게 왜 이러는 것이오? 미, 미안하오. 구해 준 사람에게 보살펴 달라고까지 했으니…… 마음이 상했다면 사과하겠소. 그, 그냥 나는 이대로 떠나겠소."

"떠나? 하하하하, 내가 복면을 벗었다는 의미가 뭘까?"

"그, 글쎄? 으, 은혜를 갚으라는 뜻?"

"크하하하하하! 아주 재밌는 답변이다. 신선했어."

"그, 그럼 아니란 말이오? 이, 이러지 마시오. 내가 정말로 잘못했소."

"이미 늦었다는 것을 너도 짐작하고 있을 텐데?"

"아니오, 늦지 않았소. 그러니 제발 이대로 보내 주시오. 마지막 기회요."

"응? 무슨 마지막 기회? 아! 마지막 기회를 달라는 소리가 헛나왔구나? 쯧쯧, 그래도 비천신룡이라는 별호까지 얻은 위인이 이렇게 비참하게 목숨을 구걸할 줄이야."

사운학이 재밌다는 표정으로 연신 영웅을 바라보았다.

"뭐, 잠시나마 즐거웠다. 너를 구하려고 잠입한 것은 나름 쫄깃했거든. 여기서 네가 도망을 갔다면 더 완벽했을 것인데, 크크크."

"도망을 갔다면이라니? 서, 설마? 나를 사냥하려 했던 것이오?"

영웅의 말에 사운학이 손뼉을 치며 웃었다.

"정답! 눈치도 빠르고. 무능공자는 역시 잘못된 소문이 맞았어. 이런 인간이 무능할 리 없지."

"다시 한번 말하지만 나를 이대로 보내 주시오. 그러면 모든 것을 없던 일로 하겠소."

"이해력은 좀 달리나? 아까 분명 안 된다고 했을 텐데?"

스르릉-!

그리 말하며 자신의 허리에서 검을 꺼냈다.

허리띠에 숨겨 둔 그의 연검(軟劍)이었다.

"크크, 잠시나마 즐겁게 해 줬으니 한 방에 보내 주지."

"다, 다시 말하겠소. 지금이라도 늦지 않았다니까! 멈추면 나도 그냥 가겠소!"

"크하하하하! 이 와중에도 허세를 부리다니. 잘 가시게."

쉬익- 까앙-!

"크윽! 이, 이게 무슨?"

목을 베려고 힘차게 휘둘렀는데 연검이 엄청 단단한 무언가에 부딪힌 것처럼 튕겨 나왔다.

그 충격에 사운학의 몸이 잠시 휘청거렸다.

무슨 일이 일어난 것인지 잠시 상황 판단이 되지 않던 사운학이 자신의 검을 내려다보다 영웅을 바라보았다.

그런데 사운학의 눈앞에 가면을 쓴 남자가 미소를 지으며 서 있었다.

사운학이 긴장한 표정으로 자신의 검을 움켜쥐었다.

언제 나타났는지, 자신의 공격을 어찌 막았는지 전혀 보지 못했을 정도로 고수였다.

침을 꿀꺽 삼키고 긴장한 목소리로 물었다.

"당신은 누구요! 왜 남의 행사를 방해하시오?"

사운학의 물음에 가면 쓴 남자가 웃으며 말했다.

"크큭, 이자가 비천신룡이라면 나도 이자에게 볼일이 있어서 말이지."

한편, 영웅은 갑자기 난입한 가면인 때문에 기분이 상한 상태였다. 이제 막 자신의 정체를 드러내고 본격적으로 밟으려고 하는데 방해받은 것이다.

"당신은 또 누구요?"

영웅이 다시 연기를 시작했다.

"크큭! 알 거 없다. 네놈은 나를 따라오면 된다."

가면인의 말에 사운학이 검을 겨누며 말했다.

"그럴 순 없소! 저자는 내가 먼저 잡았소!"

사운학의 말에 가면인의 기세가 변했다.

후웅―!

가면인의 몸에서부터 퍼져 나간 기파가 사운학을 덮쳤다.

"크윽!"

사운학이 괴로운 표정을 짓자 가면인이 비웃으며 말했다.

"크큭! 겨우 이 정도도 버티지 못하는 놈이 내 앞을 막겠다고? 가만…… 그리고 보니 우리 말고 천무성에 잠입한 암중 세력이 있다더니, 네놈들이구나?"

가면의 말에 영웅은 눈을 반짝였다.

'우리 말고? 저놈은 다른 단체인가? 알아서들 몰려와 주는군.'

사운학이라는 놈을 일단 먼저 잡아서 족치려 했는데, 한 놈이 더 알아서 나타난 것이다.

영웅은 쾌재를 불렀다.

이제 저 두 놈을 어떻게 요리할까 고민에 빠졌다.

뒤에서 괴물이 어떻게 요리할까 고민하고 있는지도 모르고, 둘은 서로를 견제하기 바빴다.

그들의 대치를 깨 준 것은 영웅이었다.

영웅이 벌떡 일어나 의지 가득한 눈으로 둘에게 말했다.

"나는 그 누구도 따라가지 않는다!"

그 말에 둘의 시선이 영웅에게로 향했다.

영웅은 아랑곳하지 않고 자세를 잡으며 외쳤다.

"내 비록 이곳에서 쓰러질지언정 네놈들에게 굴복하지 않을 것이다!"

"크크큭! 그래도 비천신룡이라고, 나름 꿈틀거리기는 하는구나. 하긴 그러지 않았다면 오히려 실망했을 것이다."

그렇게 말하고는 영웅을 향해 손을 뻗으려 하자, 사운학이 재빨리 이동했다.

"어딜!"

사운학의 검이 가면인의 손을 향해 날아가자, 가면인의 손이 연기처럼 사라졌다.

이내 갑자기 튀어나온 손이 사운학의 목을 잡으려 했다.

하지만 가면인의 손은 허공을 휘저었다.

의외라는 눈빛으로 사운학을 바라보던 가면인이 말했다.

"호오, 그걸 피해?"

"흥! 분명히 말하지. 공격은 네놈이 먼저 한 거다."

사운학의 눈에 살기가 어렸고, 그 살기는 순식간에 손에 들고 있는 검으로 이동했다.

사운학의 주특기는 쾌검이었다.

스팟—!

공기를 가르는 소리가 들리면서 사운학의 검이 가면인의 코앞까지 다가왔다.

까강—!

이번에도 막힌 것인가?

아니다. 그가 아니었다.

"헉!"

사운학의 검을 막은 것은 다른 누구도 아닌 비천신룡이었다.

그것도 자신의 몸으로 막은 것이다.

눈으로 보고도 믿기지 않는 광경에 사운학의 동공에 세차게 흔들렸다.

"이, 이게 무슨?"

놀란 것은 사운학뿐만이 아니었다.

가면인도 놀란 눈으로 영웅을 바라보고 있었다.

"매, 맨몸으로 저 검을 막았다고? 무슨 마, 말도 안 되는……."

어찌나 놀랐던지 목소리마저 살짝 떨렸다.

그만큼 사운학이 방금 날린 한 수는 그도 간신히 피하거나 막을 정도로 대단했다.

사실 그도 피하기는 늦었다고 생각해서 호신강기를 둘러 방어하려던 참이었다.

그러던 찰나에 갑자기 자신의 앞으로 들어온 누군가에 의해 공격이 막힌 것이다.

"무, 무공을 잃은 것이 아니었던가?"

고개를 푹 숙이고 있던 영웅의 몸이 갑자기 들썩대었다.

"서, 설마? 그, 금강불괴? 나, 나를 속인 것이냐?"

사운학이 경악하며 거리를 벌리고 영웅을 바라보았다.

"크크크! 크하하하하하하!"

영웅이 고개를 들고 큰 소리로 웃었다. 그 모습은 마치 너무 재밌는 놀이를 해서 즐거워하는 어린아이 같았다.

"재밌었어. 역시 사람 속이는 게 가장 재밌다니까, 안 그래?"

영웅이 목을 이리저리 꺾으며 말했다.

초점 없이 흐리멍덩했던 영웅의 눈빛은 어느새 날카롭게 변해 있었고, 그의 얼굴에는 아주 재밌어 죽겠다는 표정이 가득했다.

갑작스러운 상황에 당황한 사운학이 말을 더듬으며 뒷걸음질 치기 시작했다.

"부, 분명 내공은 없었는데? 역시…… 외공인가?"

놀란 표정으로 중얼거리는 사운학에게 영웅이 웃으며 말했다.

"응, 내공이 없지, 없어. 그거 없어도 난 강하니까."

"외공이 주력이었더냐?"

"외공? 뭐 편하게 생각해. 내가 아까 말했지? 마지막 기회니까 그냥 가라고."

"그, 그게 그 뜻이었더냐?"

"그렇지. 나를 구해 주는 것 같아서 착한 놈이구나 생각했거든. 그래서 살짝 고민했지. 그냥 놔둘까? 다른 놈을 찾아볼까? 그런데 아주 적절한 순간에 본심을 드러내더군. 그래

서 본격적으로 나서려는데 저 가면 대가리가 끼어들어
서…….”

말을 하다가 멈춘 영웅은 가면인을 바라보며 숨겨 두었던
기세를 방출했다.

쿠오오오오오-!

조금 전에 가면이 보였던 기세가 봄바람으로 느껴질 정도
로 강렬한 영웅의 기세가 둘을 덮쳤다.

“크흑!”

“이, 이런 기세라니!”

당황하는 둘을 바라보며 영웅이 한쪽 입가를 올리고 나직
하게 말했다.

“……방해했단 말이지.”

오싹-!

저 한마디가 주는 공포가 지금까지 겪어 보았던 그 어떤
공포보다 무서웠다.

온몸에 소름이 돋는 것은 물론이고, 본능이 어서 도망가라
고 재촉하고 있었다.

하지만 그럴 수 없었다.

이상하게 몸이 굳은 채 움직이질 않았다.

‘괴물…… 상식 밖의 괴물이다……. 이, 이런 기분은 회,
회주님…… 아니, 회주님보다 훨씬 위…….’

가면인의 눈이 두려움에 휩싸였다.

반면 사운학은 피가 나도록 이를 악물고 기합을 넣었다.

"하압!"

기합 때문인지, 아니면 영웅이 풀어 주어서 그랬는지 몸이
움직이기 시작했다.

사운학은 고민했다.

6장

　도망을 갈 것인가, 아니면 정면으로 도전해 볼 것인가.

　찰나의 순간에 고민하고 답을 정리했다.

　답은 전진이었다.

　상황을 보아하니 어차피 이곳을 빠져나가는 건 무리인 것 같고, 눈앞의 괴물이 자신을 살려 줄 리도 없었다.

　그러니 이왕 죽을 바엔 뭐라도 해 보고 죽자는 결론을 내린 것이다.

　"어디 비천신룡의 능력을 한번 보자꾸나! 용천섬패(龍天閃敗)!"

　기세를 풀어 낸 사운학이 자신의 연검에 강기를 만든 뒤 영웅을 향해 휘둘렀다.

강기의 모양이 용의 형태로 바뀌면서 영웅의 몸을 휘감았다.

"이놈, 이것도 버티나 보자!"

스캉-!

사운학이 영웅의 몸을 휘감은 검을 팽이 돌리듯 잡아채며 회수했다.

하지만 검을 회수하는 사운학의 눈에 멀쩡한 모습으로 자신을 바라보는 영웅이 보였다.

지금까지 살아오면서 단 한 번도 경험해 보지 못한 종류의 괴물이었다.

"다 했어? 사실 나는 기분이 좋아. 내가 판 함정에 원하던 놈들이 둘이나 걸렸잖아."

영웅의 말에 사운학이 이를 갈면서 자세를 바로잡았다. 그리고 물었다.

"그렇다면 지금 성주 자리에 취임한 자는 무엇이냐!"

"가짜지. 알면서 물어봐."

"말도 안 된다! 믿을 수 없다! 이건 사술이야!"

그리 말하고 연검을 휘두르며 돌진하는 사운학이었다.

믿을 수 없는 현실에 사운학은 자신이 지금 사술에 걸렸다고 생각했고, 무슨 사술을 사용했는지 확인하기 위해 다시 무공을 전개했다.

사실 이렇게라도 하지 않으면 정말로 미쳐 버릴 것 같기에 더더욱 몸부림치는 것이다.

"검무광천(劍舞狂天)!"

휘리릭- 휘리리릭-!

사운학의 검이 수십, 수백 개로 변하며 영웅에게 살아 있는 생물처럼 날아들었다.

"제아무리 강한 몸뚱어리라도 이것은 막지 못할 것이다! 어디 이것도 막아 봐라!"

수백 개의 검기를 날린 뒤에 곧바로 검을 회수했다가 찌르는 동작.

"검신일강(劍身一罡)!"

콰아아아-!

사운학의 연검에서 강맹한 강기가 영웅을 향해 일직선으로 방출되었다.

기세가 어찌나 대단한지 그 앞에 있는 것들은 모조리 꿰뚫어 버릴 기세였다.

까가가가가강-!

일차로 날린 검기들이 영웅의 몸을 두드렸지만, 그의 몸에 생채기 하나 내지 못했다.

찢어진 옷들이 공격을 받았다는 사실을 보여 주고 있을 뿐이었다.

쩌엉-!

그리고 이어진 검신일강 역시 영웅의 가슴 한복판에 적중

했지만 그게 다였다.

가슴팍에 커다랗게 난 구멍만이 공격을 받았다는 것을 보여 주고 있었다.

사운학은 그 모습을 입을 벌린 채 놀란 표정으로 바라보았다. 어찌나 놀랐는지 입에서 침이 흘러나오고 있음에도 눈치채지 못했다.

"이, 이걸 지금 나더러 믿으라고?"

이해할 수 없었다.

검신일강은 자신이 펼칠 수 있는 기술 중에서 가장 관통력이 강한 기술이었다.

기운을 응축하고 응축해서 만든 시퍼런 강기에, 관통력을 극대화하기 위해 회전까지 주었다.

더욱이 외공의 절대고수를 상대하기 위해 만들어진 기술이기도 했다.

그래서 자신 있었다. 이 기술을 사용했을 때, 이겼다는 자신감에 미소까지 지었다.

그런데 영웅은 멀쩡했다.

아니, 멀쩡한 정도가 아니라 전혀 충격을 받지 않은 표정이었다.

"다 했어?"

세상 다정한 목소리로 나긋나긋하게 말을 걸어오는 영웅을 보며, 사운학이 뒷걸음질을 치기 시작했다.

"괴, 괴물……."

무의식적으로 나온 단어에 영웅이 무언가 그리운 표정을 짓고는 웃으며 말했다.

"괴물이라…… 오래간만에 듣는 단어네. 한때 그런 소리를 자주 듣고 다녔는데."

그리 말하고는 천천히 사운학을 향해 걸음을 옮기기 시작했다.

자신을 향해 다가오는 영웅을 보며 사운학은 무엇을 해야 할지 갈피를 잡지 못했다.

그 순간 뒤에서 이 상황을 지켜보던 가면인이 갑자기 영웅을 향해 달려들더니 기운을 폭사시키기 시작했다.

쿠오오오오-!

그의 피부가 빨갛게 변하며 당장이라도 터질 것처럼 부풀어 올랐다.

"죽어라!"

가면인은 그렇게 외치며 몸을 활짝 펼쳐 영웅을 향해 날아들었다.

턱-!

무시무시한 기운을 뿌리며 달려드는 가면을 아주 가볍게 한 손으로 잡은 영웅이 웃으며 말했다.

"넌 또 뭐가 그렇게 급해서 이렇게 서두르고 그래. 천천히 하자, 천천히. 순서를 기다려."

"크크큭! 허세는……. 늦었다. 널 살려 두면, 아무래도 우리 회에 큰 장애물이 될 것 같으니 이곳에서 너를 정리하겠다."

가면인의 말에 영웅이 고개를 갸우뚱거리며 되물었다.

"그래서 언제 폭사하는데?"

"이제 곧…… 응?"

영웅의 말에 가면인이 당황한 표정으로 자신의 몸을 살피기 시작했다.

하지만 이게 웬걸, 폭주하던 내기가 어느새 잠잠해지고 있었다.

"이, 이게 무슨?"

다른 이의 내기를 자기 마음대로 조절하는 인간이라니.

가면인은 경악한 표정으로 영웅과 자신을 번갈아 보다 이내 모든 것을 포기했는지 축 처졌다.

"그렇지. 그렇게 얌전히 있어야지."

웃으며 말하는 영웅에게 가면이 기운 빠진 목소리로 말했다.

"크크, 이것으로 끝이라고 생각하지 마라. 네놈의 능력을 알았으니 다음번에는 제대로 준비해서 오겠다."

"뭐?"

그 말을 끝으로 가면인은 정신을 잃은 것인지 픽 하고 고개가 아래로 떨어졌다.

"뭐야?"

정신을 잃은 가면인을 잠시 바라보던 영웅은 그를 옆으로 던져두고 사운학을 바라보며 말했다.

"얘는 이따가 깨워서 물어보기로 하고, 일단은 정신이 말짱한 놈부터 손을 좀 봐 줄까?"

미소를 되찾은 영웅이 사운학을 향해 걸음을 옮기기 시작했다.

사운학이 벌벌 떨며 뒷걸음질을 치던 그 순간 영웅의 뒤에서 한 사람이 나타났다.

천무성의 대장로였다.

사운학은 대장로를 발견하고는 반가운 마음에 재빨리 그에게 외쳤다.

"나는 밀월신교에서 나왔다! 눈앞에 있는 자를 쳐라!"

사운학의 외침에 대장로가 아미를 꿈틀거리더니 영웅을 향해 달려들었다.

그 모습을 대장로가 공격하는 것으로 생각한 사운학이 자신 역시 같이 공격하기 위해 기를 모았다.

그리고 자신의 최후 초식을 펼치려 할 때였다.

"주군을 뵈옵니다!"

대장로가 대뜸 영웅의 앞에 부복하며 주군이라고 외쳤다.

휘청-!

기를 모으던 중에 상상도 못 한 일을 경험하자 사운학의 기혈이 역류하기 시작했다.

쿨럭-!

한 덩이의 피를 토하고 나서야 진정이 되었는지 입가를 닦으며 대장로를 바라보았다.

"그, 그대도 한통속이었나?"

사운학이 기운 없는 목소리로 말하자 영웅이 말했다.

"아니, 나한테 뒈지게 처맞고 갱생했다는 게 맞는 표현이지, 안 그래?"

영웅의 물음에 대장로가 기겁을 하며 고개를 조아렸다.

"마, 맞는 말씀이십니다! 주군께서 저를 깨우쳐 주신 그날로 저는 새로이 태어났습니다!"

"들었지?"

사운학은 믿을 수 없는 표정으로 그들을 바라보다가 정신을 차렸다.

'젠장, 당장 교에 가서 보고를 해야 한다. 일단 여길 빠져나가야 하는데…… 방법이 없을까? 방법이!'

사운학이 무슨 생각을 하는지 잘 알겠다는 표정으로 영웅이 말했다.

"왜, 여길 어찌 빠져나갈까 고민하는 거야? 뭘 그런 고민을 해, 못 빠져나가는데."

"……."

대답 없는 사운학을 보며 영웅이 다시 걸음을 옮겼다.

"너도 곧 재처럼 갱생해서 나에게 복종하게 될 거야."

영웅의 말에 드디어 반응이 왔다.

사운학이 미소를 지으며 대답했다.

"흥! 죽으면 죽었지 내가 그럴 것이라 보느냐! 절대로 네 놈에게 고개를 조아리는 일은 없을 것이다!"

"크크크, 그래그래. 처음엔 다들 그렇게 이야기하지."

"이익!"

그리고 순식간에 영웅에게 잡힌 사운학이었다.

"그렇게 반항부터 하기도 하고."

부드러운 미소를 지으며 사운학에게 속삭이는 영웅이었다.

"살살 해 줄게, 살살. 그러니까 너무 걱정하지 마."

다음 날 아침.

영웅의 앞에 사운학이 빠릿빠릿한 모습으로 서 있었다.

"이름."

"넵! 사운학입니다!"

"너희 단체 이름은?"

"네! 밀월신교입니다!"

"거기서 너의 직책은?"

"네! 수신호위입니다!"

"수신호위? 높은 직책이야?"

"네, 그렇습니다! 상급 간부에 해당하는 직책입니다!"

"오호! 그럼 밀월신교 본단도 잘 알겠네?"

"그렇습니다! 말씀만 하십시오! 제가 친절하게 안내하겠습니다!"

영웅의 말에 조금의 지체도 없이 대답하고 있었다. 어젯밤에 죽으면 죽었지 절대로 굴복하지 않겠다던 사운학은 보이지 않았다.

영웅은 만족한 표정으로 사운학에게 가장 궁금했던 점을 물었다.

"그나저나 저 인간 심령을 어떻게 제압한 거냐?"

"네?"

금시초문이라는 표정으로 오히려 영웅에게 되묻는 사운학이었다.

"아니, 대장로의 심령을 제압해서 그동안 조종했던 거 아냐?"

"아, 아닌데요? 저희는 그런 술법을 모릅니다."

"뭐? 아까 네가 말했잖아. 대장로랑 한편이라고!"

"하, 한편은 맞습니다만, 시, 심령을 제압해서 마음대로 조종하다니요. 그, 그런 술법은 저, 정말로 모릅니다."

"그럼 대장로랑은 무슨 관계야?"

영웅의 질문에 사운학이 자신이 아는 모든 것을 설명했다.

자신들이 천무성에 잠입한 뒤 천무성을 자신의 세력으로 만들려고 계책을 짜고 있을 때는 이미 천무성 성주의 상태가 좋지 않았다고 한다.

거기에 대장로가 먼저 자신들에게 접근했다고 했다.

천무성을 바칠 테니 자신을 교의 중요한 자원으로 받아 달라고.

사운학의 말에 영웅이 턱을 쓰다듬으며 생각했다.

"흠, 너희는 아니라는 거지?"

"그, 그렇습니다!"

"그럼 아까 파천회인지 머시긴지 하는 놈들이겠군. 가면 놈에게 물어봐야겠네. 만약 내 생각이 맞는다면 이놈들 아주 재밌는 놈들이겠군."

"그게 무슨 말씀인지?"

"크크크, 대장로를 심령으로 제압한 놈이 너에게 왜 접근했겠냐?"

영웅의 말에 사운학이 생각을 했다.

그러다가 화들짝 놀란 표정으로 더듬거리며 답을 말했다.

"서, 설마…… 우리 교로 들어와서……."

"그렇지. 천무성 다음으로 너희 교를 노린 거야."

용의주도한 놈들이었다.

그것도 모르고 대장로가 자신들의 편이라 굳게 믿고 그렇게 일을 벌였다니.

심각한 표정의 사운학을 보면서 영웅이 물었다.

"근데 밀월신교는 도대체 뭐 하는 놈들이냐?"

영웅의 질문에 사운학이 표정을 바로 하고 밀월신교에 대해 상세하게 설명하기 시작했다.

"밀월신교는 달의 신을 신봉하는 단체입니다! 언젠가 월신이 지상에 내려올 것이라 굳게 믿는 단체입니다."

"그런데 중원 정복은 왜 하려는 거야?"

"정확하게 말하면 정복이 아니고 교리 전파입니다. 그러니 교리 전파라고 해 주시면……."

어이가 없었다. 그러니까 사운학의 말을 종합해 보면 자신들의 종교를 퍼트리기 위해 무림을 정복하려 했다는 것이다.

"아니, 교리는 그냥 전파하면 되는 거 아냐? 굳이 힘들게 무림 정복을 해야 해?"

"저희도 처음엔 그렇게 하려 했습니다. 그런데 우리 단체에 신교라는 이름이 들어갔다는 것만으로도 무림 공적으로 만들더군요. 아무리 노력해서 설득하려 해도 요지부동이었습니다. 그래서 윗분들께선 생각했죠. 이건 신께서 주신 시련이라고, 이 난관을 극복하고 저들을 설득하려면 최강의 단체가 되어야 한다고 말입니다."

"신교가 왜? 종교를 믿으면 안 되나?"

"그, 그건……."

사운학이 차마 설명을 못 하고 머뭇거렸다.

"아, 뭔데! 가만…… 마교를 신교라고 부르지 않나? 마교가 존재하던가?"

영웅의 입에서 나온 단어에 사운학이 기겁하기 시작했다.

"헉!"

연신 주변을 두리번거리며 안절부절못하는 모습이었다.

"왜?"

"그, 그 이름은 절대로 입 밖에 내서는 안 됩니다."

"뭐가? 마교? 신교?"

"마, 마교요."

"마교가 왜? 마교, 마교, 마교."

"제, 제발 그 정도만 하십시오. 그들은 진짜 악마들입니다. 세상에 강림해서는 안 되는 미친놈들이라고요."

"설마…… 마교라는 단체를 엄청 무서워하나?"

"그렇습니다."

"아니, 그런 놈들이 왜 신교라는 단어를 써서 사람들을 헷갈리게 해."

영웅의 물음에 사운학이 뒷머리를 긁적이며 변명하기 시작했다.

"저희도 이름을 바꾸려고 했는데…… 대신관께서 계시가 있었다면서 절대로 이름을 바꾸면 안 된다고…….."

"하아…… 그런 배짱으로 잘도 무림 정복하겠다."

"마교는 전설입니다. 저희가 오랜 세월 동안 활동했지만 단 한 번도 마교가 등장한 적은 없습니다."

"그래서 겁이 없어진 거냐, 전설이니까?"

"저희 윗분들이 그렇다는 거죠. 저, 저는 무서워합니다."

사운학의 말에 영웅이 고개를 절레절레 저었다.

이런 한심한 놈들에게 털린 천무성을 바라보며 한숨을 쉬었다.

"어찌해야 하나? 아무래도 너희 윗사람들이랑 대화 좀 해야 할 것 같은데."

"네? 설마 단신으로 저희 본단을 가시겠다는 건가요?"

"왜? 혼자 가면 안 되냐?"

"그, 그건 아니지만……."

"내가 혼자 간다고 하면 더 좋아해야지. 날 잡을 기회가 생기는 거잖아, 안 그래?"

영웅의 말에 사운학의 표정이 굳었다.

그러곤 본단에 있는 절대고수들과 영웅을 머릿속에서 대결시켜 보았다.

본단의 고수들이 이긴다는 생각이 전혀 들지 않았다.

"못 이길 것 같습니다."

"내가? 아님, 너희가?"

"저희가요."

영웅은 의외라는 표정으로 사운학을 바라보았다.

"생각보다 눈치가 빠르네. 좋아, 보여 주지. 나의 진정한 힘을."

"네?"

놀라는 사운학의 뒷덜미를 잡고 순식간에 하늘 높이 날아오르는 영웅이었다.

슈아아앙-!

"커허헉!"

사운학은 정신을 차릴 수가 없었다.

갑작스럽게 잡혀서 정신을 차려 보니 까마득하게 높은 하늘을 날고 있었다.

"이, 이게 무슨?"

믿을 수가 없었다.

이건 경공이 아니었다.

정말로 하늘을 날고 있었다.

"시, 신입니까?"

사운학이 경외의 표정으로 영웅을 바라보았다.

"맘대로 생각해."

영웅은 따로 설명하지 않았다.

그것이 더 신비함을 강조했고 사운학을 빠져들게 했다.

'이분이 우리가 그토록 기다리던 월신이 아니실까? 나는 운명으로 그분을 만나게 된 것이고.'

사운학 혼자 상상의 나래를 펼치고 있을 때, 영웅은 어느 외딴 지역으로 서서히 하강했다.

끝도 없이 펼쳐진 거대한 산들 사이에 내려온 영웅은 사운학을 옆에 내려 두고 말했다.

"적당히 보여 줄게. 내가 진짜 힘을 쓰면 여기 있는 산들이 전부 날아가서 말이야."

"네?"

분명 자신이 아는 단어들로 말하는데 머릿속에서 조합이 되질 않았다.

어리둥절한 사운학을 보며 씩 웃은 영웅은 손을 횡으로 그었다.

쩡-!

땅이 살짝 울리며 무언가가 떨어져 나가는 소리가 들렸다.

그리고 사운학의 눈앞에 그야말로 경천동지할 일이 벌어졌다.

쿠그그그그궁-!

태산과 같은 크기의 산이 통째로 공중으로 들리고 있었다.

그것도 너무도 자연스럽게 말이다.

사운학은 눈과 입이 찢어질 대로 찢어진 채 그 광경을 바라보고 있었다.

"끄어어억!"

너무 놀라서 숨조차 제대로 쉴 수 없을 정도였다.

정신이 희미해지려는 찰나 영웅의 말이 귓가를 파고들었다.

"정신 놓으면 이걸 너네 본단으로 던져 버린다."

"헉! 아, 아닙니다! 정신 차렸습니다!"

본단이 아무리 크다 한들 저 산만 하겠는가.

하늘에서 저런 거대한 산이 떨어지는데 그것을 막을 인간이 세상에 있을까?

아무리 생각해도 없었다.

무림 역사에 있는 고금무적이라는 고수들을 모조리 대입해도 불가능이었다.

인간의 범주를 벗어난 것이다.

부들부들 떨던 사운학이 갑자기 엎드리더니 큰 소리로 외치기 시작했다.

"미, 미천한 신도가 워, 월신님을 뵈옵니다!"

"엥?"

갑작스러운 사운학의 행동에 영웅이 어리둥절한 표정을 지었다.

"뭐, 뭔 소리야?"

"월신님이 아니고서는 이런 엄청난 장면을 보여 주실 수 없습니다. 제가 천무성에 온 것도, 월신님을 만난 것도 모두 계시였습니다. 미천한 종을 부디 내치지 말아 주십시오."

"아니, 나는 그냥 인간……."

쾅쾅쾅-!

사운학이 자신의 이마를 땅에 박으며 외쳤다.

"미천한 종을 부디 받아 주십시오!"

쾅쾅쾅-!

영웅은 보았다.

광신도가 되면 어찌 되는지.

"그, 그래, 맘대로 해라."

"미천한 종이 월신님을 알현합니다!"

"사람들 앞에선 신이라고는 하지 말고……."

"네, 주인님! 감히 종 따위가 위대하신 신님을 입에 올렸나이다!"

"……맘대로 해라."

더 이상 떠들기도 지쳤다.

영웅은 '괜한 짓을 했구나.'라고 생각하며 다시 사운학을 잡고 천무성으로 돌아갔다.

✦

영웅은 사운학을 대동하고 백무상과 자신의 수하들이 있는 곳으로 이동했다.

"이놈이 밀월신교에 대해 아주 상세히 알고 있더군요."

영웅이 말하자 백무상이 죽일 듯한 표정으로 사운학을 노려보았다.

"우리에게 무슨 억하심정이 있길래 이런 흉악한 짓을 벌였

단 말인가."

나직하지만 힘 있는 목소리로 묻자, 사운학은 영웅에게 했던 이야기를 또다시 사람들에게 말했다.

잠시 후, 사운학에게 모든 전말을 들은 사람들이 김빠진 표정으로 그를 바라보았다.

영웅이 느꼈던 것처럼 다들 어처구니없는 표정으로 바라본 것이다.

그사이 가면인에 대한 조사도 끝나 있었다.

놀랍게도 그는 심령을 제압당한 채 꼭두각시처럼 조종당하던 강호 백대고수 중 하나였다.

그 사실에 다들 경악을 금치 못했다.

게다가 정신을 차리고 자신이 왜 이곳에 있는지 어리둥절해하는 모습까지 대장로와 똑같았다.

그것으로 영웅은 확신했다.

천무성을 이 꼴로 만든 진정한 흑막은 밀월신교가 아니라 파천회라는 사실을 말이다.

영웅에게 설명을 다 들은 백무상의 눈에선 엄청난 살기가 흘러나왔다.

"으드득! 내 반드시 이 치욕을 갚아 주고 말겠다!"

그 모습을 보며 영웅은 오히려 웃었다.

무언가 목적이 있는 사람은 오히려 활기를 되찾기 마련이었다.

거기에 복수심까지 들어갔으니 당분간은 팔팔한 모습으로 활동한 터였다.

살벌한 기운이 가득한 방에 다시 무거운 분위기가 찾아온 것은 영웅의 입에서 나온 또 다른 단체 때문이었다.

마교.

또 다른 이름으로는 천마신교(天魔神敎)라 불리는 단체.

이 단체의 이름이 영웅의 입에서 흘러나온 것이다.

사실 영웅이 사는 세상에선 소설에서나 등장하는 단체이기에 딱히 심각하다고 생각하지 않았다.

그러나 이곳에 있는 사람들은 아니었다.

다들 엄청나게 굳은 표정으로 그 누구도 입을 열지 않았다.

"응? 다들 왜 이리 긴장하고 있어요? 마교라는 단체가 그렇게 무시무시한 단체인가요?"

영웅의 말에 담선우가 침을 꿀꺽 삼키고 입을 열었다.

"주, 주군, 당금 강호에서 마교는 절대 꺼내서는 안 될 금어(禁語)입니다. 그 단어를 꺼내는 것만으로도 마교도로 인식되고, 그 자리에서 참해도 이해해 주는 세상입니다."

"아니, 뭐 얼마나 엄청나길래 그렇게까지 해?"

담선우는 영웅을 잠시 보더니 한숨을 쉬고는 입을 열었다.

"하아! 하긴 주군께서는 잘 모르시겠군요. 알겠습니다. 제가 아는 한도에서 그들에 관해 설명해 드리겠습니다."

담선우가 잠시 생각을 정리하고 입을 열었다.

"그들이 처음 세상에 모습을 드러낸 것은 대략 1,000년 전이라고 알려져 있습니다. 처음 보는 사술과 말도 안 되는 무공으로 무장한 그들에게 무림은 처음으로 정복당하는 수모를 겪었지요. 그 시기가 무려 100여 년이나 되었습니다."

담선우의 말에 주변에 있는 사람들은 숨소리조차 내지 않고 그의 말에 집중하고 있었다.

사실 이곳에 있는 자들도 마교라는 단체만 알지, 저렇게 상세한 이야기는 처음 들어 보기 때문이다.

표정들이 무서운 이야기를 듣는 사람들 같았다.

영웅 역시 흥미진진한 표정으로 이야기에 집중했다.

"그래서? 어찌 벗어났는데?"

"그 당시 무림은 그다지 강한 곳이 아니었습니다. 무공에 대한 확실한 개념조차 제대로 잡혀 있지 않았으니까요. 그렇게 무림은 그들의 지배를 받았습니다. 어둠에 빠져 있던 그때, 우리를 구해 준 선구자가 있었습니다."

"오! 누군데?"

"보리달마(菩提達磨)."

"달마? 소림의 달마대사?"

영웅의 말에 담선우가 고개를 끄덕였다.

"그분께서 그 당시 무림인들에게 무공의 기초를 알려 주시고, 소림을 키우셨습니다. 그리고 힘을 모은 무림인들과 합세하여 방심한 그들을 몰아붙였고, 마지막에 그들을 십만대산(十萬大山)으로 쫓아낼 수 있었습니다."

"아니, 그렇게 강하다면서 의외로 쉽게 몰아넣었네?"

"그 당시 무림인들은 절박했고, 마교인들은 나태했죠. 그 것이 승패를 가른 것 같습니다. 사실 당시 상황이 자세히 전해 내려오지 않기에 이 부분은 제 나름의 추측입니다."

담선우의 말에 영웅을 포함한 주변의 사람들이 고개를 끄덕였다.

"아무튼 그 일이 있고 난 뒤 마교는 절치부심 이를 갈고 또 갈았습니다. 그로부터 150년 정도의 시간이 지나고 두 번째 침공을 했습니다. 하지만 그때의 무림은 만만치 않았죠. 그리고 혜성처럼 등장한 또 다른 문파가 그들을 막아섰습니다."

영웅이 눈을 반짝이며 조심스럽게 입을 열었다.

"설마…… 무당?"

"오오! 맞습니다. 주군께서도 알고 계시는군요. 당시 무당엔 천하제일인인 장삼풍 장문인이 계셨고, 무당 역사에서 가장 강맹한 세력을 자랑하고 있을 때였죠. 무당과 소림을 필두로 무림의 모든 문파가 힘을 합쳐서 막아 냈습니다."

담선우가 잠시 숨을 골랐다. 목이 말랐는지 술잔에 술을 따라 단숨에 들이켜고는 말을 이어 갔다.

"그 후로 마교는 이런 식으로는 더는 과거의 영광을 되찾을 수 없다고 생각했습니다. 그래서 그들은 생존 전략을 바꾸었습니다. 약육강식. 이것이 그들이 살아가는 방식이자 마교의 율법입니다. 약자는 살아남을 수 없는 세계, 그곳이 바로 마교지요. 강해지기 위해선 무엇을 하든 용서를 받는 곳."

영웅은 고개를 끄덕였다.

익히 알고 있는 내용이었으니까.

"그들은 해서는 안 될 짓도 서슴지 않았습니다. 나중에는 사람의 시신으로 강시라는 존재를 만들어 중원 침공에 선봉을 세웠습니다. 난생처음 보는 존재에 무림인들은 당황했고 속절없이 무너지기 시작했습니다. 그리고 강시를 어찌어찌 처치했지만, 그 뒤에 말도 안 되는 무력을 지닌 괴물들이 밀려 내려왔습니다. 이미 강시를 처치하는 데 기력을 거의 소비한 무림은 다시 밀리기 시작했습니다."

여기서부터는 다들 아는 내용인 것 같았다. 하나같이 주먹을 꽉 쥐고 이마에 땀을 흘리고 있었다.

"그들은 정말로 강했습니다. 그 당시 무림 전력의 팔 할을 소모하고도 막지를 못했으니까요. 다들 절망에 빠져 있을 때 갑자기 이들이 진격을 멈추고 다급하게 다시 돌아가기 시작했습니다. 다들 이건 또 무슨 짓인가 싶어 경계했죠. 나중에 알고 보니 누군가가 마교에 단신으로 쳐들어가 마교 교주인 천마의 목을 쳤다는 것입니다."

위기 때마다 무림을 구하는 영웅이 등장했다.

"그분이 바로 주군께서 얻은 천뢰신검의 주인 뇌황이었습니다. 뇌황의 힘은 정말로 인간이라는 것이 믿기지 않을 정도로 강했습니다. 마교의 핵심 전력이 뇌황을 잡겠다고 협공했지만 실패했을 정도였죠. 모조리 그의 뇌전에 불타 한 줌의 재가 되었습니다. 간신히 살아남은 마교인들은 다시 십만대산으로 숨어들었습니다."

"십만대산으로 숨으면 그렇게 찾기가 힘들어?"

"가 보시면 압니다. 산들이 10만 개가 넘습니다. 또한, 지형 자체가 천혜의 요새라 적의 침입을 손쉽게 막을 수 있습니다. 그곳 자체가 거대한 진과 같지요. 저 하늘 높은 곳에서 바라보지 않는 한 그곳 어디에 마교의 본단이 숨어 있는지 찾을 길이 없습니다."

담선우의 말에 영웅은 고개를 끄덕이며 조만간 한번 가서 둘러봐야겠다고 생각했다.

십만대산이 아무리 넓다고 해도 영웅의 초신안을 벗어날 수는 없으니 금방 찾을 것이다.

"그런데 왜 다들 무서워하는 거야? 얘길 들어 보니 충분히 대비 가능할 것 같은데."

영웅이 이해가 안 된다는 얼굴로, 두려움이 가득한 표정을 하고 있는 주변을 둘러보았다.

담선우는 그런 영웅에게 이유를 말해 주었다.

"그들이 세상에 나오기까지 봉문했던 기간이 길수록 그 강함도 기하급수적으로 늘어납니다. 그런데 이번엔 무려 50년 동안이나 모습을 드러내지 않고 있습니다. 그만큼 철저히 준비하고 있다는 것이지요. 그러니 다들 마교 이야기만 나오면 긴장하고 기겁하는 것입니다. 무림인들에게 마교는 단순한 단체가 아닌 역병과 같은 공포의 존재니까요."

"그냥 멸문한 것은 아닐까?"

영웅의 말에 담선우가 고개를 저었다.

"아닙니다. 잔당이 뇌황을 피해 십만대산으로 들어간 것이 확실하기 때문에 그들은 머지않아 다시 세상에 나올 것입니다."

정말로 경험하고 싶지 않은 듯 심각한 표정으로 말하는 담선우에게 영웅은 정반대로 대수롭지 않은 표정으로 말했다.

"그렇군. 좋아! 일단 밀월신교부터 해결하고 보자. 나 혼자 다녀올 테니 그렇게 알고 있어."

지금까지 그렇게 마교에 대해 설명했는데도 영웅의 반응은 미적지근했다.

담선우는 말리려고 손을 들었다가 영웅을 보고는 마음을 바꾸었다.

지금까지 마교 이야기를 하면서 공포에 떨었는데, 영웅을 보자 이상하게 마음이 진정되고 있었다.

'그래, 우리에겐 무림 역사상 가장 강하신 주군이 계신다. 괜히 겁을 먹을 필요 없다. 후훗, 오히려 마교 놈들이 걱정해

야지.'

담선우는 피식 웃고는 영웅을 향해 허리를 숙이며 말했다.

"잘 다녀오십시오, 주군."

담선우가 하는 말의 의미를 잘 알아들은 영웅이 그의 등을 토닥이며 사람들에게 말했다.

"뭘 그렇게 울상을 하고 있어. 내가 있잖아. 마교인지 뭔지 오기만 하라 그래. 그냥 한 방에 쓸어버려 줄 테니까. 나 믿지?"

그 말에 다들 얼굴이 환해졌다.

그들의 얼굴에 피어난 것은 희망이었고 환희였다.

그리고 영웅에 대한 믿음이었다.

✦

천무성의 한 곳에서 두 사람이 술을 주고받으며 이야기를 나누고 있었다.

거지 복장을 한 사람은 걸왕이었고, 그 옆에서 재잘거리며 떠드는 남자는 무림맹주의 제자 여불강이었다.

"할배, 아무래도 수상해요. 신임 성주 표정 봤어요? 억지로 웃는 거?"

"너도 봤냐? 무공 수련만 한대서 머릿속에 수련만 들어 있을 줄 알았더니 제법이구나, 주변도 살필 줄 알고."

"아 씨! 할배, 내가 이래 봬도 화산파의 그 긴긴 역사 속에서 손에 꼽히는 천재라고요."

"에잉, 다 좋은데 네놈은 겸손함이 없어. 예의도 없고."

"할배, 무슨 소립니까? 제가 얼마나 겸손하고 예의가 넘치는데요!"

"예의 바른 놈이 네 스승이랑 배분이 같은 나한테 할배, 할배 하냐?"

"에이, 할배는 제가 아주아주 어렸을 때부터 봐 와서 그러죠. 저한테 친할배가 있다면, 아마 할배 같을 거예요."

"그놈 참, 말이나 못 하면."

그리 말하는 걸왕의 얼굴엔 여불강을 아끼는 기색이 가득했다.

쭈우욱-!

"크으! 할배, 천무성에 좋은 술도 많은데 꼭 이렇게 질 낮은 곡주를 마셔야 합니까? 이거 마시고 아침에 일어나면 머리가 깨질 것 같다고요. 안주도 이게 뭡니까, 이게."

여불강의 손에 들려 있는 안주는 땅콩이었다.

"이놈이? 그럼 거지가 이런 걸 마시지 뭘 마시냐! 이것도 감지덕지해야지."

"할배, 저는 거지 아니거든요?"

"이놈이? 그럼 네놈이 가서 좋은 술을 가져오든가."

서로 티격태격하여 떠들고 있을 때 누군가가 손을 쓱 내밀었다.

그의 손에는 사람 몸통만 한 항아리가 들려 있었는데 안에서 무언가가 출렁거리는 소리가 들렸다.

그리고 출렁거리는 소리가 들릴 때마다 향긋한 주향이 뚜껑 너머로 흘러나왔다.

"으음!"

황홀한 표정으로 냄새를 맡는 걸왕과 여불강이었다.

저 항아리 안에 있는 요물에 홀랑 넘어가 버렸다.

그러다가 정신을 차리고 이 엄청난 요물을 가지고 온 장본인을 보았다.

걸왕은 어디서 많이 본 듯한 얼굴이라 인상을 찡그리며 누군시 생각하기 위해 연신 머리를 굴렸다.

그때 여불강이 말을 더듬으며 입을 열었다.

"서, 서, 설마…… 제, 제가 아는 그, 그분이신가요?"

"허허, 네가 아는 그분이 누군데?"

자연스러운 하대였다.

그런데도 여불강의 표정은 전혀 기분 나빠 보이지 않았다. 오히려 자신에게 말을 걸어 준 노인에게 감격한 표정으로 눈물을 글썽이고 있었다.

"드, 등천무제 마, 맞으시죠? 현 중원에서 천하제일인에 가장 가까우신 분!"

"허허허허, 천하제일에 가장 가까운 건 아니지만 그리 알아주니 고맙구나."

인정했다.

여불강의 표정이 더욱더 황홀하게 바뀌었다.

"헉! 지, 진짜 등천무제!"

"걸왕께서도 그간 잘 지내시었소? 오랜만이오."

여불강의 말에 그제야 얼굴이 기억이 났는지 호들갑을 떠는 걸왕이었다.

"어이쿠! 이거 후배가 먼저 인사를 드렸어야 했는데 크나큰 결례를 저질렀습니다."

"허허허, 사해가 동도이거늘 누가 먼저 인사를 하면 어떻소. 자! 내가 천무성에서 가장 좋은 술을 이렇게 가져와 봤소. 같이 듭시다."

"여, 영광입니다!"

걸왕은 연신 고개를 숙이면서도 눈은 등천무제가 들고 온 술동이에 가 있었다.

반면 여불강은 등천무제의 얼굴에 시선이 꽂혀 있었다.

"내 얼굴 뚫어지겠군. 자네는 나를 어찌 아는가?"

"제, 제 우상이십니다! 제 목표이고, 제가 가야 할 길의 정점에 계십니다! 그, 그래서 항상 이렇게 초상화를 간직하고 다닙니다!"

여불강이 재빨리 품속에서 한 뼘 정도 크기의 작은 족자를 꺼냈다.

그것을 펼치니 정말 살아 있는 것 같은 등천무제의 초상화가 아주 생생하게 그려져 있었다.

"허허허, 정말 솜씨가 좋은 화공이군. 언제 나를 이리 관찰해 그렸을꼬."

등천무제마저 감탄할 정도로 잘 그린 그림이었다.

여불강은 조심스럽게 족자를 내밀며 힘들게 입을 열었다.

"시, 실례가 안 된다면…… 저, 저를 위해 한 말씀 적어 주시겠습니까. 가문의 영광으로 알고 대대손손 가보로 물려주겠습니다."

"뭐라? 하하하하, 현재양 그놈이 아주 재미난 녀석을 제자로 삼았구나. 좋다! 내가 한 구절 적어 주지."

"가, 감사합니다!"

등천무제가 족자에 작은 깨달음을 적어 주자 여불강은 감격의 눈물을 흘렸다.

대충 '잘 있어라' 정도만 적어 주어도 가문의 가보로 삼을 것인데 무려 무제 자신의 깨달음을 적어 준 것이다.

이제 이것은 진짜 가문의 보물이었다.

절대로 다른 사람의 손에 넘어가서는 안 되는 그런 보물 말이다.

작은 소란이 지나가자 걸왕이 궁금했던 점을 물었다.

"그런데 무제께서 여긴 어쩐 일로? 여기는 적진이 아닙니까."

"허허허, 다 같이 정도의 길을 걷는 사람끼리 적이 어디 있는가. 문주 자리도 사위 놈에게 넘겨주었고, 마침 천무성에서 새로 성주를 뽑는다 하여 구경하러 왔지."

등천무제의 말에 걸왕이 고개를 끄덕였다.

충분히 가능한 이야기였다.

"아직도 정정하신데, 왜 벌써 문주 자리를 넘기신 겁니까?"

"더 늦기 전에 나도 하고 싶은 것을 해야 하지 않겠는가. 그래서 과감하게 넘겨주고 세상에 나왔다네."

그 역시 이해가 가는 말이었다.

"그런데 무엇이 천하의 무제를 세상에 나오게 했을까요?"

"허허허, 그것이 궁금한가? 나중에 알게 될 것일세. 잠시지만 즐거웠네. 이 술은 둘이 잘 나눠 드시게."

"벌써 가려 하십니까?"

"허허허, 지나가는 길에 반가운 얼굴이 보여서 대접하고자 잠시 들른 것이네. 둘이 하던 이야기 마저 하시게."

"그럼 감사히 마시겠습니다."

둘의 대답을 들은 등천무제는 손을 흔들며 자리를 떠났다.

그런 등천무제를 바라보며 여불강이 무언가를 결심한 듯 주먹을 쥐며 걸왕에게 말했다.

"할배, 저 맹에 복귀 안 합니다. 저분을 따라다니며 세상 경험을 하고 오겠습니다. 사부님께 제자 찾지 말라고 전해 주십시오."

"푸웁! 뭐?"

갑작스러운 선포에 자신의 입 안으로 들어온 것은 절대로 내보내지 않기로 유명한 걸왕이 목숨보다 더 아끼는 술을, 그것도 등천무제가 가져온 명주를 뿜었다.

입가에 흐르는 술을 닦을 생각도 하지 않고 자신을 쳐다보는 걸왕에게 여불강은 여전히 등천무제를 바라보며 말했다.

"저분이 가는 길이 곧 제가 가야 할 길입니다."

"미쳤냐? 네 스승이 알면 가만있을 것 같으냐?"

"에이, 사부님도 이해하실 겁니다. 안 그래도 사부님이 세상 경험 좀 하고 오라고 성화를 부리셨는데, 마침 잘되었습니다."

여불강의 당당한 말에 걸왕이 어이가 없는 표정으로 그를 바라보았다.

"왜 그리 보십니까?"

"아니, 등천무제가 아무리 우상이라고 하나 네 스승은 무림맹주다. 설마 사부를 갈아타려는 것이냐?"

"네에? 제가 미쳤습니까? 저를 어찌 보고 그런 엄청난 말씀을 하시는 겁니까?"

"아니면 되었다. 그런데 무엇 때문에 무제를 따라가겠다는 것이냐? 그의 옆에 있는다고 그가 무공을 가르쳐 줄 것도 아니지 않으냐."

"보고 싶어서요."

"뭐가?"

"제가 생각하는 천하제일인이 모든 것을 두고 세상에 나왔을 땐 그만한 이유가 있을 겁니다. 분명 저분은 우리 같은 우매한 자들은 모르는 새로운 길을 개척하려 하시는 겁니다. 저는 저분이 가는 그 역사적인 걸음을 옆에서 지켜보고 싶습니다."

여불강의 눈은 이미 단호했다.

그 모습에 걸왕이 고개를 저었다.

"황소고집을 가진 놈이 눈빛까지 결연하구나. 에잉, 현재양 그 친구에게 뭐라고 핑계를 대지?"

"하하하! 제자가 세상 경험을 쌓아 더 높은 곳으로 날 것이라 전해 주십시오. 사부님은 맨날 제가 무림에 나가 경험을 쌓길 바라셨으니, 아마 두 팔 벌려 환영하실 겁니다."

"끄응! 일단 가서 말은 해 보마. 나중에 사부에게 잡혀서 뒈지게 쥐어 터져도 내 원망은 하지 말아라."

"네! 걱정하지 마세요. 그럼 할배! 다음에 뵙겠습니다."

"야야! 정말 가냐?"

걸왕이 잡기도 전에 이미 사라지고 없는 여불강이었다.

걸왕은 여불강이 사라진 곳을 멍하니 바라보다가 자신의 옆에 있는 술동이를 보더니 다시 앉았다.

"에라, 모르겠다! 일단 마시자. 마시고 나서 다시 생각하자."

⚜

영웅은 밀월신교를 향해 사운학과 함께 길을 나섰다. 날아서 가면 금방이지만 급한 일도 없으니 느긋하게 구경하면서 가기로 한 것이다.

그리고 자연스레 달라붙은 등천무제와 담선우는 물론이고, 등천무제를 졸졸 따라다니는 여불강까지 가세했다.

"저놈은 왜 따라오는 겁니까?"

"허허허. 그냥 두십시오. 한창 혈기가 넘칠 때가 아닙니까."

"듣자 하니 무제를 우상으로 생각한다던데, 제 밑에 계신다고 실망한 건 아닌지 모르겠습니다."

"허허. 안 그래도 그것 때문에 지금 저렇게 정신이 나가 있지 않습니까. 뭐, 시간이 지나면 다시 돌아오겠죠. 그리고 저 좋다고 따라다니는 놈인데 함부로 내칠 수도 없고요."

영웅은 영혼 없는 표정으로 터덜터덜 걷는 여불강을 바라보다 고개를 저었다.

"원래 조용히 있다가 목적만 달성하면 가려 했는데 점점 인연이 늘어나는군요."

영웅의 말에 등천무제의 표정이 급격하게 굳었다.

머지않은 시간에 영웅과 이별을 해야 한다는 게 떠오른 것이다.

그 사실에 등천무제는 결심했다. 앞으로 영웅이 어디를 가든 무조건 따라나서겠다는 다짐을 말이다.

등천무제는 다시 표정을 풀고 허허거리며 영웅의 말에 대꾸해 주었다.

"허허허, 그게 다 주군의 인덕 때문 아니겠습니까."

"무제께선 정말 제대로 콩깍지가 씌었군요. 저 그렇게 대단한 놈 아닙니다."

"겸손이 지나치십니다, 허허허."

뭔 말을 해도 좋게 받아들이는 등천무제였다.

한편, 여불강은 정신이 반쯤 나간 상태에서 혼란스러운 머릿속을 정리하기 바빴다.

등천무제가 저 청년에게 주군이라는 단어를 사용할 때부터 그는 제정신이 아니었다.

'주군이라니? 천하제일인에게 주군이라니!'

여불강에게 등천무제는 이미 천하제일인이었다.

그가 수련에 이렇게 목을 매는 이유도 등천무제 때문이었다.

등천무제의 발자취를 조금이라도 더 따라가기 위함이다.

보통의 무인들이 스승의 발자취를 따르는 것과는 다른 모습이었다.

물론 여불강의 스승인 무림맹주는 이러한 것을 전혀 알지 못했다.

그저 자신의 발자취를 따르기 위해 제자가 밤낮을 가리지 않고 수련에 몰두하는 것으로 알고 있었다.

아무튼 그의 삶이자 목표인 등천무제에게 주군이라니!

청천벽력 같은 이야기였다.

그렇다고 언제까지 이렇게 넋 놓고 있을 수는 없었다.

여불강은 고개를 좌우로 흔들어 상념을 털어 내었다.

그리고 영웅을 바라보았다.

'특이한 점은 없는데? 황족인가?'

그렇다면 이해가 되었다.

'황족이라면 말이 되긴 하는데…….'

천하제일인도 황족은 조심해야 했다. 까닥 잘못했다가는 백만 대군과 싸워야 할 수도 있었으니까.

제아무리 강한 고수라도 집단으로 움직이는 황군을 이길 수는 없다.

그러니 등천무제도 자신과 자신의 세력을 위해 낮은 자세로 황족의 기분을 맞춰 주어야 한다.

여불강은 모든 가능성을 계산해 보았다.

하지만 아무리 계산을 해도 황족이 아니고서는 답이 되지 않았다.

결국 자기 혼자 판단을 내려 버리고 마는 여불강이었다.

'그래, 황족이었어! 그것만이 지금 이 말도 안 되는 상황을 설명할 수 있다. 더불어 저분이 문주직을 내려놓고 저자를 따라다니는 것도.'

연신 고개를 끄덕이는 그를 보며 영웅이 걱정스러운 얼굴로 말했다.

"저거 점점 미쳐 가는 거 같은데요?"

"흠, 제가 봐도 그렇군요. 일단은 저놈 정신부터 추스르게 해야겠습니다."

고개를 끄덕이며 여불강에게 향하는 등천무제였다.

그러거나 말거나 배가 고파진 영웅은 사람들에게 말했다.

"밥 먹고 쉬었다 가자!"

그 말 한마디에 등천무제가 여불강에게 이동하다 말고 다급하게 뒤를 돌아보았다.

담선우는 이미 침을 꿀꺽 삼키고 있었다.

그 둘은 초롱초롱한 눈빛으로 영웅을 바라보았다.

무엇을 뜻하는지 잘 아는 영웅이 피식하고 웃으며 엄지로 자신을 가리키며 말했다.

"오늘은 내가 요리사!"

"우와아아! 주군, 만세!"

등천무제와 담선우가 환호를 지르며 기뻐하자 사운학과 여불강이 어리둥절한 표정으로 그들을 바라보았다.

단순히 식사를 준비해 준다는데, 저리 좋아한다?

심지어 밥을 해 주겠다고 한 자는 이들의 주인이었다.

자신의 주군이 밥을 하는데 말리기는커녕 좋아하고 있으니…… 이건 또 무슨 상황인지 전혀 갈피를 잡지 못하고 있었다.

그러거나 말거나 담선우는 재빨리 봇짐에서 냄비를 꺼냈고, 등천무제는 사운학과 여불강에게 어서 장작을 구해 오라고 재촉했다.

둘은 등천무제의 재촉에 어정쩡한 움직임으로 장작을 구하러 사라졌다.

그들이 사라진 후에도 일사불란하게 밥 먹을 준비를 하는 둘이었다.

"주군, 오늘은 어떤 요리입니까?"

등천무제가 입맛을 다시며 물어 오자 영웅이 웃으며 말했다.

"오늘은 불고기라는 것을 해 드리지요."

"불고기? 그건 어떤 요리입니까?"

"먹어 보면 압니다. 하지 말까요?"

"아, 아닙니다! 지금부터 입 다물고 있겠습니다."

"뭐, 그렇게까진 안 해도 되고."

영웅은 4차원 공간을 열어 쌀과 맛집에서 구해 온 불고기를 꺼냈다.

무려 4시간 동안 줄을 서서 얻은 귀한 불고기였다. 거기서 맛을 보았을 때는 정말이지 너무 맛있어서 말이 나오지 않을 정도였다.

물론, 여기선 그 맛이 나지 않을 것이다.

그래도 그때 먹었던 맛이 떠올랐는지 영웅의 입가에도 침이 고였다.

눈치 빠른 담선우가 그 모습을 보고는 정말 행복하게 웃으며 말했다.

"무슨 요리인지는 몰라도 주군께서 입맛까지 다실 정도라니, 정말 기대됩니다."

"오오! 주군께서 입맛까지 다셨다고? 그 정도입니까, 허허허."

등천무제 역시 연신 기뻐하는 모습으로 영웅의 손에 들려 있는 그릇을 바라보았다.

"아, 이놈들은 나무를 직접 베어 오나? 장작을 주워 오라고 한 지가 언젠데 아직도 안 와!"

방금 갔다.

그들이 눈에서 사라진 지 얼마 되지도 않았다.

다만 영웅이 해 주는 요리의 맛을 알고 있는 둘의 조급한 마음 때문에 그렇게 느껴지는 것이었다.

기다리는 시간도 아까웠는지 담선우는 손수 영웅이 건네준 쌀을 씻고 냄비에 담아 불렸다.

그 후로 대략 일각(一刻 : 15분) 정도가 지나자 여불강과 사운학이 양손 가득 장작을 들고 나타났다.

　"어서어서!"

　잠시도 기다리지 못하겠는지 등천무제가 허공섭물로 그들이 들고 있는 장작을 낚아챘다.

　그리고 그대로 삼매진화로 불을 붙여 차곡차곡 쌓았다.

　그 자리에 담선우가 기다렸다는 듯이 쌀이 들어 있는 냄비를 올렸다.

　허공섭물은 내공의 힘으로 물건을 들어 올리는 것으로 화경의 경지가 아니면 시도조차 못 하는 고급 기술이었고, 삼매진화는 내공에 화기를 불어 넣어 사물을 불태우는 것으로 초절정이 돼야 겨우 시도해 볼 수 있는 기술이었다.

　그런 기술들을 겨우 밥하는 데 쓰고 있었다.

　심지어 담선우는 자신의 내공을 이용해 화력을 강하게 만들고 있었다.

　콰아아아아─!

　불에서 엄청난 소리가 들려왔다.

　딱 들어도 엄청난 화력이라는 것이 느껴졌다.

　정말로 밥을 먹기 위해 최선을 다하고 있었다.

　천하의 등천무제는 마치 주방의 보조라도 된 것처럼 영웅의 옆에서 열심히 보조하는 중이었다.

　"채소 좀 썰어 줘요."

"충!"

영웅의 말에 허공에 검강으로 이루어진 도가 만들어졌다.

"무, 무형검강(無形劍罡)!"

태어나서 처음 보는 엄청난 신기에 사운학과 여불강이 입을 쩍 벌리며 놀랐다.

그리고 그다음에 벌어진 기사에 충격을 받아 눈이 찢어질 정도로 커졌다.

무형검강이라는 전설의 경지로 채소를 다듬고 있는 것이다.

"주군, 제가 활검의 묘리로 채소의 신선도를 그대로 살려 두었습니다."

"오, 잘하셨습니다! 자, 이제 조리 들어갑니다!"

치이이이익—!

냄비 속으로 들어간 불고기가 맛있는 소리를 내며 조리되기 시작했다.

잠시 후에 달콤하면서도 맛있는 냄새가 이곳에 있는 사람들의 코 속을 휘저었다.

"으음!"

등천무제와 담선우의 입 안은 이미 침으로 가득했다.

사운학과 여불강 역시 자신도 모르게 흐른 침을 손등으로 닦고 있었다.

"다 됐다! 담 각주, 밥!"

"네! 이미 준비해 두었습니다!"

새하얀 쌀밥이 김을 모락모락 풍기며 그릇에서 그 아름다운 자태를 뽐내고 있었다.

영웅은 재빨리 냄비를 들어 살짝 한 번 휘젓고는 바위 위에 올렸다.

"자, 먹자!"

"감사합니다! 잘 먹겠습니다!"

영웅이 먼저 불고기를 맛보자 기다렸다는 듯이 등천무제와 담선우의 젓가락이 바람을 가르며 냄비 속의 불고기로 향했다.

그리고 그들의 입으로 들어간 고기는 그들의 정신을 혼미하게 만들었다.

"으음!"

"하아!"

세상 황홀한 표정을 지으며 눈을 감고 맛을 음미하는 둘이었다.

"우와! 주군! 세상에! 음식에 무슨 마법을 부리신 것입니까? 소신 태어나서 이런 엄청난 음식은 처음 먹어 봅니다!"

"무제의 말씀에 저도 동감합니다! 태어나서 처음 느껴 보는…… 마치 맛의 천국이 있다면 이런 기분일까 하는 생각이 들 정도입니다!"

둘의 호들갑에 영웅은 기분이 좋은지 연신 웃으며 말했다.

"하하하, 맛있게 먹어 주니 기분이 좋군요. 자 자, 어서 먹어요. 거기 너희도 빨리 먹어. 안 그럼 다 없어진다."

영웅의 말과 등천무제와 담선우의 반응을 본 사운학과 여불강이 조심스럽게 불고기를 집어 입으로 가져갔다.

"커헉!"

"헉!"

불고기가 입에 들어가자 둘의 눈은 찢어질 듯이 커졌다가 이내 황홀한 표정으로 변해 갔다.

"하응!"

"우으음!"

연신 행복한 표정으로 입 속에 있는 불고기의 맛을 느끼고 있었다.

그리고 눈을 뜬 그들은 전투적으로 젓가락을 놀리기 시작했다.

한 점이라도 더 먹어야 했다.

그런데 상대는 등천무제와 담선우였다.

그들의 치열한 눈빛이 부딪쳤다.

냄비 안은 마치 작은 무림이 되어 치열하게 공방이 오갔다.

그 와중에도 영웅의 젓가락이 등장할 때는 순식간에 사라지는 젓가락들이었다.

그렇게 치열한 식사를 마치고 나서도 한참을 불고기의 여운율 즐기며 황홀해하는 네 사람이었다.

그런 그들에게 영웅이 차를 끓여서 내밀자 차의 향기에 정신을 차린 사람들이 감격한 목소리로 저마다의 감상을 쏟아내기 시작했다.

"주군, 저번에 먹었던 삼겹살이란 음식도 대단했지만, 이건 정말이지 그 어떤 말로도 표현이 안 되는 맛입니다."

"이걸 뭐라고 표현을 해야 할지…… 그 많은 서책을 읽은 저도 감히 완벽한 표현을 찾지 못하겠습니다. 이런 천상의 음식을 맛보여 주셔서 소신은 그저 감격스러울 따름입니다! 앞으로도 충심에 충심을 더해 충성을 다하겠습니다!"

"소신 역시 선우 이 녀석과 같은 마음입니다! 소신도 주군의 하늘과 같은 은혜를 새기고 또 새길 것입니다."

등천무제와 담선우가 감격한 표정으로 연신 충성을 맹세하자 영웅은 살짝 마음이 찔렸다.

그냥 양념이 다 된 고기를 사 와서 자신은 불에 익히기만 했을 뿐이었다.

그래도 저리 좋아하는 것을 보니 챙겨 오길 잘했다는 생각에 뿌듯한 마음도 들었다.

연준혁에게 전국에 있는 맛집 리스트를 작성해 달라고 요청해야겠다고 생각하며 등천무제와 담선우에게 말했다.

"맛있게 먹었으면 됐지요. 다음엔 더 맛있는 걸 해 줄게요."

"헉! 이것보다 더 맛있는 걸 말입니까?"

영웅의 말에 둘은 정말로 황홀한 표정을 지으며 바라봤다.

한편 뒤에서 이 모든 것을 듣고 있던 두 사람, 사운학과 여불강 역시 움찔했다.

다른 것도 아니고 영웅이 해 준 요리 때문에 정말로 진지하게 영웅을 따라다닐까 하고 생각하는 두 사람이었다.

특히 아직 영웅에 대해 잘 모르는 여불강은 자신의 생각을 수정했다. 저 두 사람이 영웅을 따르는 이유는 바로 이 천상의 맛을 내는 저 환상적인 손 때문이라고.

자신 역시 따라다닐까 하고 고민을 할 정도니 말 다 한 거다.

평생 저런 음식을 먹여 준다면 정말로 주군으로 모실 마음이 들 정도였다.

반면 여불강 옆에 있는 사운학은 조금 다르게 생각하고 있었다.

그는 이미 영웅을 신이라 생각하고 있기에, 등천무제와 담선우처럼 눈이 황홀하게 변해 있었다.

사운학은 신께서 자신에게 천상의 음식을 내리셨다고 생각하며 감격했다.

그리고 결심했다.

평생 저분을 모시겠다고.

그렇게 모든 사람에게 행복한 포만감을 안겨 준 식사가 끝나고 각자는 여운을 즐겼다.

———

"어라? 여기는?"

영웅은 놀란 얼굴로 눈앞의 풍경을 바라보고 있었다.

그 모습에 사운학이 물었다.

"저기가 저희 본단인데 와 보신 적이 있으십니까?"

사운학의 말에 영웅이 고개를 끄덕이고 산의 제일 높은 곳을 가리키며 말했다.

"저기 꼭대기에 신전 있지?"

"헉! 그, 그곳에 신전이 있다는 것은 고위직이 아니면 모르는 사실인데! 어찌 아시는 겁니까?"

사운학이 놀란 표정으로 영웅을 바라보며 물었다.

영웅은 잠시 머뭇거리며 사실을 말하려다가 그냥 얼버무렸다.

"그, 그냥 왠지 신전이 있을 것같이 생겼잖아. 보통 저런 곳에 신전 같은 것을 많이 짓더라고."

영웅의 대답이 무언가 꺼림칙하긴 했지만, 저 대답 외에 다른 이유가 있을 것이라는 생각은 들지 않았기에 사운학은 고개를 끄덕였다.

"하긴 저도 그렇게 생각합니다. 그러니 성스러운 기운이 저 산으로 내려왔겠지요."

"성스러운 기운?"

"네! 저 산 정상에 신전이 있는 이유가 바로 그것입니다. 저 산 위에는 하늘과 연결되어 있는 신성한 길이 있지요."

그것이 무엇을 말하는지 영웅은 대번에 눈치챘다. 바로 화이트 웜홀이었다.

다른 사람의 눈에는 웜홀이 아지랑이처럼 넘실거리게 보이기 때문에 처음 보는 사람들은 그것이 신비한 현상이라고 생각할 수 있었다.

거기다가 그 아지랑이가 하늘 끝까지 올라가 있으니, 과학이 존재하지 않는 이 세상 사람들은 당연히 그것을 하늘에서 내려온 신성한 무언가로 생각했을 것이다.

영웅은 사운학의 말을 듣고서야 왜 저곳에 신전이 지어져 있는지 깨달았다.

"그래서 아무것도 없는 꼭대기에 그런 화려한 신전이 지어져 있었구나."

영웅이 중얼거리며 말하자 사운학이 화들짝 놀라 말했다.

"네? 신전이 화려한 것은 또 어찌 아셨습니까?"

"응?"

영웅이 아차 하는 표정으로 당황하자 옆에 있던 등천무제와 담선우 역시 궁금한 표정을 지으며 물었다.

"정말로 어찌 아시는 것입니까? 밀월신교를 알고 계셨던 것입니까?"

등천무제와 담선우까지 가세해서 묻자 영웅이 한숨을 쉬고 사실을 말했다.

"신전에서 넘실거리는 신성한 기운이 바로 내가 다니는 통로야."

영웅의 말에 그 어떤 대답도 돌아오지 않았다.

이상함에 고개를 들어 둘러보니 다들 입을 쩍 벌린 상태로 영웅을 바라보고 있었다.

"저, 정말입니까? 저, 정말로 그 기운을 통해 이동하시는 겁니까?"

사운학이 경악하며 되묻자 영웅이 고개를 끄덕였다.

그러자 사운학이 감격의 눈물을 흘리며 말했다.

"역시! 제 예상대로였습니다! 아니라고 그렇게 우기시더니……."

그러더니 영웅 앞에 오체투지를 하며 엎드렸다.

"미천한 종이 위대하신 월신님을 뵈옵니다!"

사운학은 영웅이 신이라고 짐작하고 있었다. 그렇기에 아무런 의심 없이 그를 월신이라고 믿으며 그의 말이 전부 사실이라 확신했다.

등천무제와 담선우는 영웅이 다른 세상에서 온 것을 들었기에 알고 있었지만, 설마 그곳이 천계였을 줄은 몰랐다.

크게 놀란 둘은 멍한 얼굴로 영웅을 바라보았다.

여불강은 이게 지금 무슨 상황인지 갈피를 잡지 못하고 허둥대고 있었다.

평범한 인간인 줄 알았는데 한 명은 신이라며 엎드리고, 두 명은 그것을 어느 정도 이해하는 눈치였다.

그렇다는 이야기는 정말로 신이거나 신에 근접한 능력을 갖춘 사람이라는 얘기였다.

이들의 반응을 보면서 영웅은 한숨을 쉬었다.

"하아! 설명하기 힘들다. 그냥 먼 곳에서 왔다고 치자."

어차피 설명해 줘 봐야 이해할 것 같지도 않고, 또 일일이 설명하기도 귀찮았다.

영웅의 말에 등천무제와 담선우가 격동하며 입을 열었다.

"어, 어쩐지 강하시더라니. 허허허, 신이시라고 짐작하고 있었지만 정말로 신이셨기에 그리 강하신 것이었군요. 허허허! 저 따위는 한 수에 제압하시기에 놀라웠는데, 이제야 이해가 갑니다."

옆에서 담선우 역시 고개를 끄덕였다.

여불강은 등천무제의 말에 경악했다.

천하제일인이라 생각했던 등천무제를 한 수에 제압했단다.

그것도 다른 사람이 말한 것도 아니고 본인이 직접 인정했다.

'드, 등천무제를 한 수에 제압했다고? 그, 그게 가능해?

저, 정말로 신이란 말인가?'

여불강은 지금 이 상황이 적응되질 않았다.

평생 수련만 하고 살다가 처음으로 세상을 돌아다니는데 그 첫 경험들이 이런 것이니 머리에서 혼란스러워하는 것이다.

"천무성의 막내 공자님이자 비천신룡이라 불리는 주군께서 신이라는 사실을 세상 사람들이 안다면 표정들이 어떨지 궁금합니다."

등천무제가 허허 웃으며 말했다.

그러자 영웅이 한 곳을 바라보며 그에 대한 답변을 해 주었다.

"궁금해? 그럼 저기 보면 되겠네."

영웅의 말에 등천무제와 담선우가 고개를 돌려보니 여불강이 침을 뚝뚝 흘리면서 눈이 빠질 것 같은 표정으로 바라보고 있었다.

여불강은 지금까지 살면서 오늘처럼 경악하고 놀란 적이 없었다.

처음에는 황족으로 착각했고, 그다음엔 뛰어난 요리사로 착각했다.

그런데 진실은 더 엄청난 것이었다.

천무성을 장악했던 비천신룡이 바로 저 사람이었다니.

그의 정체가 신이었다니.

물론 신은 아니었지만, 이미 그렇게 뇌리에 박힌 것 같았다.

그런 여불강에게 영웅이 다가가 조그마하게 속삭였다.

"어디 가서 내 정체 까발리면 신의 분노가 무엇인지 아주 똑똑히 보여 줄 거야, 알았지?"

영웅의 말에 여불강은 고개가 부러져라 연신 끄덕였다.

이미 여불강은 영웅이 정말로 신이라고 굳게 믿고 있는 눈치였다.

세상 경험이 전혀 없는 데다 평생을 수련동에서 수련만 해 왔기에 더 쉽게 믿은 면이 있었다.

이래서 그의 스승인 무림맹주가 걱정을 한 것이다.

이런 순수함 때문에 언제든지 영악한 놈들에게 속거나 당할 수 있으니까.

순수한 그 모습에 영웅은 미소 지으며 그의 머리를 쓰다듬어 주었고, 여불강은 기분 좋은 미소로 영웅을 올려다보았다.

이렇게 의도치 않게 또 한 명의 신도를 만들어 버린 영웅이었다.

의도치 않게 자신의 정체(?)를 까발린 영웅은 이제 자신을 경이로운 눈빛으로 바라보는 사람들과 함께 밀월신교의 본단으로 들어갔다.

그런데 본단의 모습은 생각했던 것과 많이 달랐다.

"뭐지, 여기 맞아?"

"그, 그렇습니다. 이, 이게 무슨?"

사운학이 엄청나게 당황한 표정으로 연신 주변을 두리번거렸다.

그들이 도착한 밀월신교의 본단은 처참하게 박살이 나 있었다.

누군가에게 습격을 받은 것인지 여기저기에 불에 타서 무너진 전각의 잔해가 널브러져 있었고, 피를 흘린 흔적들이 사방에 펼쳐져 있었다.

그런데 시체가 보이지 않았다.

자신들의 정체를 감추기 위함인지, 누군가 전부 치운 것 같았다.

무림에는 시체의 상처만 보고도 어떤 무공이 사용되었는지 파악할 수 있는 전문가들이 있기 때문이다.

"보아하니 시체까지 깔끔하게 정리한 것 같은데…… 이 정도 규모의 단체를 멸문시킬 정도면 보통 세력은 아니야."

등천무제의 중얼거림에 사운학은 얼이 빠진 모습으로 주변을 둘러봤다.

보고 또 봐도 믿기지 않았다.

밀월신교가 어떤 단체인가.

중원을 정복하네 마네 할 정도로 강한 세력이었다.

실제로 천무성을 비롯해서 중원에 유명한 세력에 자신들의 첩자들을 활동시키고 있었으며.

교를 지키는 다른 수신호위들은 자신과는 달리 엄청나게 강한 자들이었다. 그들만 나가도 무림의 삼분지 일을 정복할 수 있다고 호언장담할 정도였다.

그런데 교가 이리되었다는 것은 그들까지 당했다는 이야기였다.

그것도 제대로 저항도 못 하고 당한 것으로 보였다.

사운학은 정신이 나간 상태로 어딘가를 향해 뛰기 시작했다.

"저거 상태 위험한데? 따라가 보자."

영웅의 말에 뒤에 있던 세 사람이 고개를 끄덕였다.

사운학의 뒤를 쫓아가니 거대한 전각이 나왔다.

누가 봐도 밀월신교에서 가장 중요한 사람이 살고 있을 것 같은 전각이었다.

전각의 주변은 폐허가 되었지만, 정원으로 보이는 장소가 남아 있었다.

"교주님!"

사운학이 애절한 목소리로 외쳤다.

"교주님! 교주님!"

전각 안으로 뛰어 들어가서도 이곳저곳을 다니며 큰 소리로 교주를 불렀다.

"저 사운학입니다! 교주님! 사, 살아 계시면 제발 모습을 보여 주십시오!"

한참을 그렇게 뛰어다니더니 바닥에 주저앉아 울기 시작했다.

"크흑흑흑! 이, 이게 무슨 일입니까! 저에게 천무성의 동태를 살피고 오라고 해 놓고서는 왜 아무도 안 계시는 겁니까!"

그렇게 목 놓아 울더니 눈물을 그치고 영웅을 바라보았다.

사운학은 엉금엉금 기어 오더니 영웅의 앞에 오체투지를 하며 외쳤다.

"워, 월신이시여! 제, 제발 교주님을 찾아 주십시오! 그, 그분께서는 월신님의 충실한 종이십니다! 부디…… 자비를 베푸셔서 그분을 찾아 주시옵소서! 월신이시여! 저의 목숨을 내놓으라 하시면 내놓겠습니다! 제발, 제발!"

쾅쾅쾅-!

그리고 자신의 머리를 바닥에 마구 박기 시작했다.

이마가 피로 흥건해질 때, 머리를 박던 사운학이 갑자기 알 수 없는 힘에 의해 멈췄다.

"진정해라."

영웅의 손길에 사운학은 마음이 진정되는 것을 느꼈다.

사운학이 조금 진정되었다고 생각했는지 영웅이 물었다.

"혹시 이곳에 숨을 만한 장소가 있다거나 들은 내용이 있어?"

영웅의 말에 사운학이 이마를 찡그리며 생각하기 시작했다.

한참 생각하더니 무언가가 떠오른 듯 손뼉을 치며 말했다.

"이, 있습니다! 이 산 어딘가에 만약을 대비해 피할 장소를 마련해 두었다고 들은 적이 있습니다."

"그래? 알았다."

"어, 어찌하시려고?"

사운학이 고개를 들어 영웅을 바라보자 영웅이 미소를 지으며 말했다.

"나를 신이라 믿어 주니 신답게 행동해야지."

그리 말하고는 공중으로 서서히 떠오르기 시작하는 영웅이었다.

초신안 투시.

하늘 높이 올라간 영웅이 하얗게 변한 눈으로 주변을 두리번거리기 시작했다.

그 모습이 정말로 신비로워 보였기에 아래에 있는 사람들은 자신들도 모르게 신앙심이 생기는 것을 느꼈다.

그런 것을 아는지 모르는지 영웅은 지면을 열심히 투시하고 있었다.

그러다가 무언가를 본 영웅.

신전의 바로 아래쪽에 공간이 있는 것을 발견했다.

그리고 그 안에서 사람들로 보이는 것이 움직이고 있었다.

"저기군. 입구는 어디지?"

영웅은 다시 주변을 둘러보았다.

입구는 산 아래쪽에 있었다.

전체적으로 산 안에 동굴을 파서 만들어 둔 비밀 장소 같았다.

입구를 찾은 영웅은 미소를 지으며 아래에 있는 사람들에게 따라오라고 손짓을 하고는 그곳을 향해 천천히 날아갔다.

영웅을 따라 도착한 곳은 절벽 자체가 무너졌는지 집채만한 돌덩이들이 사방에 널브러져 있었다.

"이곳은 왜?"

사운학이 묻자 영웅은 돌덩이들이 있는 곳을 가리키며 말했다.

"저기에 입구가 있네. 일단 이 돌덩이들을 치워야겠군."

영웅의 말에 등천무제와 담선우가 팔을 걷어붙이며 나섰다.

"크기가 커서 시간이 좀 걸리겠습니다."

등천무제의 말에 사운학과 여불강 역시 기운을 모으기 시작했다.

그런 그들의 모습에 영웅이 웃으며 말했다.

"아냐, 내가 치울 테니 좀 떨어져. 위험하니까."

영웅의 말에 다른 이들이 깨달았다.

신이 곁에 있는데 괜한 걱정을 했다는 것을 말이다.

그들의 기대를 한 몸에 받은 영웅은 대수롭지 않게 돌덩이들이 있는 곳을 바라보았다.

그러자 돌덩이들이 아주 가볍게 공중으로 떠올랐다.

영웅은 평안한 얼굴로 돌덩이들을 한쪽으로 치웠다.

거대한 돌들이 사라지고 흙더미가 나오자 영웅이 손을 뻗었다.

그리고 무언가를 긁어내는 모양으로 손을 끌어당겼다.

쿠르르르르.

엄청난 양의 흙과 돌이 끌려 나오더니 숨겨진 입구가 모습을 드러내었다.

"저 안에 사람들이 있어. 그들이 밀월신교 사람들인지는 내가 잘 모르니까, 들어가 봐."

영웅의 말에 사운학이 감격한 표정으로 연신 고개를 끄덕이고는 서둘러 입구를 통과해 안으로 달려 들어갔다.

지면으로 내려온 영웅이 사람들에게 말했다.

"우리도 가 보자."

다들 궁금했기에 고개를 끄덕이고는 몸을 움직였다.

안으로 들어가니 입구를 일부러 파괴해서 막은 흔적이 보였다.

"적들이 못 들어오게 하려고 일부러 무너뜨렸군. 그만큼 다급했다는 소린가?"

담선우가 입구를 살피며 말했다.

"천무성을 장악할 뻔한 세력이 이렇게 순식간에 당할 정도면 적들의 위력이 엄청나다는 것인데, 누굴까?"

"이렇게 순식간에 이들을 무력화하려면 적어도 황군이 와야 합니다."

"황군?"

"황군 외에 이런 거대 세력을 단시간에 이렇게 초토화할 수 있는 곳이 어디 있겠습니까?"

등천무제와 담선우가 뒤따라오면서 상황을 유추하기 위해 열띤 토론을 벌이고 있었다.

그 모습에 영웅이 말했다.

"안에 들어가서 직접 현장에 있던 사람들에게 물어보면 알겠지."

그제야 둘은 입을 다물고 조용히 뒤를 따랐다.

한참을 올라가니 안에서 시끌벅적한 소리가 들려왔다.

"교주님, 괜찮으십니까!"

사운학이 안에서 교주를 발견한 모양이었다.

하지만 그의 목소리가 격정적인 걸 보니, 상태가 그다지 좋지 않은 것 같았다.

다음 권으로 이어집니다

꿈의 도약, 로크에서 하십시오
(주)로크미디어에서 신인 작가를 모십니다

즐거운 세상, 로크미디어는 꿈을 사랑하고 도전을 두려워하지 않는 작가 분들의 참신한 작품을 기다리고 있습니다. 21세기 장르 문학계를 이끌어 갈 차세대 선두 주자 (주)로크미디어에서 여러분의 나래를 활짝 펴 보시길 바랍니다.

모집 분야 판타지와 무협을 포함한 장르 문학
모집 대상 아마추어 작가, 인터넷 작가
모집 기한 수시 모집

작품 접수 시 유의 사항

1. 파일명은 작가명_작품명.hwp형식을 갖춰 주십시오.
1. 파일에 들어갈 내용은 다음과 같습니다.
   - 성명(필명인 경우 실명을 밝혀 주세요), 연락처, 이메일 주소
   - 제목, 기획 의도
   - A4용지 1장 분량의 등장인물 소개
   - A4용지 2장 분량의 전체 줄거리
   - 본문
1. 작품이 인터넷에 연재되고 있다면, 게시판명과 사이트의 구체적이고 정확한 주소를 기재해 주십시오.

선택된 작품은 정식 계약 후 출판물로 간행되어 전국 서점에 유통됩니다.
작가 분은 (주)로크미디어의 전폭적인 지원하에 전속 작가로 활동하시게 됩니다.
※ 자세한 내용은 로크미디어 홈페이지(rokmedia.com)를 참조하세요.

(04167)서울시 마포구 마포대로 45 일진빌딩 6층
(주)로크미디어 편집부 신간 기획 담당자 앞
전화 : 02) 3273 - 5135
www.rokmedia.com   이메일 : rokmedia@empas.com

우리 교황님 좀 말려주세요

판미손 퓨전 판타지 장편소설

비정상 교황님의
듣도 보도 못한 전도(물리) 프로젝트!

이세계의 신에게 강제로 납치(?)당한 김시우
차원 '에덴'에서 10년간 온갖 고생은 다 하고
겨우 교황이 되어 고향으로 귀환했건만……

경고! 90일 이내 목표 신도 숫자를 달성하지 못할 시
당신의 시스템이 초기화됩니다!

퀘스트를 달성하지 못하면 능력치가 도로 0이 된다고?
그 개고생, 두 번은 못 하지!

"좋은 말씀 전하러 왔습니다, 형제님^^"

※주의※ 사이비 아닙니다, 오해하지 마세요!

망한 가문의 검술 천재가 되었다

소구장 퓨전 판타지 장편소설

역사에서도 잊힌 비운의 검술 천재
최강의 꼰대력으로 무장한 채
후손의 몸으로 깨어나다!

만년 2위 검사 루크 슈넬덴
세계를 위협하던 마룡을 물리치며
정점에 이른 순간

이대로 그냥 죽어 다오, 나를 위해서.

라이벌인 멀빈 코넬리오에게 목숨을 잃⋯⋯
⋯⋯은 줄 알았는데,
200년 후의 몰락한 슈넬덴가에서 눈뜨다!
가족이라고는 무기력한 가주, 망나니 1공자뿐
망해 버린 가문을 살리기 위해
까마득한 조상님이 팔을 걷었다!

설풍 같은 검술, 그보다 매서운 독설로
슈넬덴가를 정점으로 이끌어라!